KB076081

눈에 넣어도 아프지 않은 것들의 목록

눈에 넣어도 아프지 않은 것들의 목록

이정록 시집

창비

차
례

제1부 · 가슴우리

제1부

가슴우리

해 지는 쪽으로

햇살동냥 하지 말라고
밭둑을 따라 한줄만 심었지.
그런데도 해 지는 쪽으로
고갤 수그리는 해바라기가 있다네.

나는 꼭,
그 녀석을 종자로 삼는다네.

벗 그림자로
마음의 골짜기를 문지르는 까만 눈동자,
속눈썹이 젖어 있네.

머리통 여물 때면 어김없이
또다시 고개 돌려 발끝 내려다보는 놈이 생겨나지.
그늘 막대가 가리키는 쪽을
나도 매일 바라본다네.

해마다 나는
석양으로 눈길 다진 그 녀석을

종자로 삼는다네.

돌아보는 놈이 되자고.
굽어보는 종자가 되자고.

눈에 넣어도 아프지 않은 것들의 목록

눈에 넣어도
아프지 않은 것들 때문에, 산다

자주감자가 첫 꽃잎을 열고
처음으로 배추흰나비의 날갯소리를 들을 때처럼
어두운 뿌리에 눈물 같은 첫 감자알이 맺힐 때처럼

싱그럽고 반갑고 사랑스럽고 달콤하고 눈물겹고 흐뭇
하고 뿌듯하고 근사하고 짜릿하고 감격스럽고 황홀하고
벅차다

눈에 넣어도
아프지 않은 것들 때문에, 운다

목마른 낙타가
낙타가시나무뿔로 제 혀와 입천장과 목구멍을 찔러서
자신에게 피를 바치듯
그러면서도 눈망울은 더 맑아져
사막의 모래알이 알알이 별처럼 닦이듯

눈망울에 길이 생겨나
발맘발맘, 눈에 밟히는 것들 때문에
섭섭하고 서글프고 얄밉고 답답하고 못마땅하고 어이
없고 야속하고 처량하고 북받치고 원망스럽고 애끊고 두
렵다

눈망울에 날개가 돋아나
망망 가슴, 구름에 젖는 깃들 때문에

물뿌리개 꼭지처럼

물뿌리개 파란 통에
한가득 물을 받으며 생각한다
이렇듯 묵직해져야겠다고
좀 흘러넘쳐도 좋겠다고

지친 꽃나무에
흠뻑 물을 주며 마음먹는다
시나브로 가벼워져야겠다고
텅 비어도 괜찮겠다고

물뿌리개 젖은 통에
다시금 물을 받으며 끄덕인다
물뿌리개 꼭지처럼
고개 숙여 인사해야겠다고

하지만 한겨울
물뿌리개는 얼음 일가에 갇혔다
눈길 손길 걸어 잠그고
주뼛주뼛, 출렁대기만 한 까닭이다

얼음덩이 웅크린 채
어금니 목탁이나 두드리리라
꼭지에 끼인 얼음 뼈,
가장 늦게 녹으리라

생(生)

느티나무는 그늘을 낳고 백일홍나무는 햇살을 낳는다.

느티나무는 마을로 가고 백일홍나무는 무덤으로 간다.

느티나무에서 백일홍나무까지 파란만장, 나비가 난다.

영혼의 거처

개구리의 눈은 쌍무덤이다
저승을 열었다 닫았다 이승 쪽에 긴 혀를 내민다
오뉴월, 곡비(哭婢)의 무덤이다
등에는 산판 작업복을 배에는 상복을 지어 입었다

개구리의 영혼은 뒷다리에 있다
넓적다리의 무게가 없다면 물 밖으로 눈을 내놓을 수
없다
먼 하늘로 날아가고 싶은가, 물밑 하늘에 배를 대고
구름의 능선을 넘는 상여처럼 비스듬하게 떠 있다
뒷다리에서 얼이 빠져나가면 수장(水葬)이다
상복이 하늘 쪽으로 뒤집힌다

사람의 영혼도 머리나 심장에 있는 게 아니다
허벅지에 있다 위엄있게 죽는 게 소원이지만
병실에 눕혀진 채 자신의 눈자위에 무덤을 파는 사람들
나날이 솟구치는 사성(莎城)*, 침상 머리맡 좀 올려달라
는 말과
죽을 것 같다는 말이 남은 열마디 가운데 여덟아홉이다

17

귓구멍이며 혀뿌리까지 구름이 몰려들건만
새 다리를 허우적이며 바깥세상에 시비도 걸고 싶다

침대 좀 세워줘!
꺼져드는 묘혈(墓穴)을 링거 줄이 잡아당긴다
수액이 스미는 만큼 가라앉는 뒤통수, 이장(移葬)한 무
덤 자리처럼
베개도 쉬이 꺼진다 땅땅했던 영혼이 졸아들기 때문이다
등짝 어디께로 운석이 떨어진다 화상이 깊다
등창(燈窓), 부화의 실핏줄이 번지기 시작한다
뒤통수가 어린 새의 부리 같다

세웠던 침상을 눕히고, 야윈 새처럼 등을 보이며 엎드
린다
비상을 도우려는 의사와 간호사의 흰 날개깃이 바빠진다
죽음은 영혼을 부화시키는 일, 허벅다리에서
배까지 올라온 영혼의 새가 머릿속으로 치고 올라온다
이윽고 숨이 멎는다 발끝부터 정수리까지 흰 깃털이 스
르륵 덮인다

수평을 잡고 하늘을 나는 새 한마리, 구름장(葬)에서
다리가 긴 빗줄기가 내린다

장례식장 사층, 신생아실에선
겨우 발가락만 내민 올챙이들이 물장구를 친다
작은 주둥이가 햇살에 마르지 않도록
탯줄의 이똥이 천천히 떨어진다 강보에 누워
다리를 들고 꼼작인다 첫걸음마는 날갯짓을 닮으리라
발가락 끝마디에 물방울 추를 매달고
허공에 걸음마를 내딛는 어린 영혼들

* 묘혈을 보호하기 위해 무덤 뒤에 반달 모양으로 둘러막은 둔덕.

새표

不의 첫 획, 一은 하늘이다.
하늘 아래 화살표 모양은
새의 양 날개와 꽁지깃을 본떴다.
不이라는 한자엔 하늘 복판에 점을 찍는 새가 있다.
사랑만으로 솟구쳐오르는 철부지 날갯짓이 있다.
하늘만 보는 싹눈에게도 새가 안 보인다.
아니 보여서, 아니 不이다.
화살표라는 피 묻은 이름을 버리자.
가서 돌아오지 않는 화살이 아니라
둥지로 날아오는 새표라 부르자.
하늘의 젖꼭지 쪼러 가는 하늘새표라 하자.
새표를 따라가면, 아니야! 그게 아니라니까!
그간 내팽개친 새털구름을 만나리라.
눈 치켜뜨고 손사래 칠 때마다 쇠구슬로 녹스는 새알들
다시 품게 되리라. 너는 죽고 나만 살아야 한다는
화살표는 버리자. 화살표 끝자리엔 주검이 있다.
까마귀가 있다. 구더기의 역사가 있다.
쌍꺼풀 아름다운 파랑새표라 부르자.
하늘의 꼭짓점은 새의 부리가 찍는 것,

움켜잡았던 허공마저 풀어놓고는
노래만 물고 오는 아침새표가 되자.

젖은 신발

아이들 운동화는
대문 옆 담장 위에 말려야지.
우리 집에 막 발을 내딛는
첫 햇살로 말려야지.

어른들 신발은 지붕에 올려놔야지.
개가 물어가지만 않으면 되니까.
높고 험한 데로 밥벌이하러 나가야 하니까.

어릴 적에 할머니께서 가르쳐주셨지.
북망산천 가까운 사랑방 툇마루에
당신은, 당신 흰 고무신을 말리셨지.

노을빛에 말리셨지.
어둔 저승길, 미리 넘어져보는 거야.
달빛에 엎어놓으셨지.
저물어도 거둬들이지 않으셨지.

마지막은 다 밤길이야.

젖은 신발이 고꾸라져 있었지.

별

태어나 첫 감기를 모신 갓난아기가 기침을 끌어올린다. 열차에 탄 모든 이의 숨통이 다시 터지고 있다. 생이란 숨막힘의 연속이란 걸, 목젖에 걸린 주먹만 한 씨앗을 틔우는 일이란 걸, 아기의 기침은 잘려나간 탯줄의 사라진 입에서 건너온다.

아기 무덤처럼 등을 구부린 구석 자리 노인도 생애 마지막 기침인 양 짝을 맞춘다. 저승에서 막 출발한 기적 소리, 삶의 순간순간이 연명이었다니! 목구멍에 걸린 몽돌이 젖먹던 힘으로 파도 거품 부풀린다. 진실은 구차하지. 누구든 하차할 때까지 마중물마저 잡아먹는 작두 펌프처럼 견뎌야 한다.

끊겨버린 탯줄, 그 검은 입에서 끌어올리는 기침 소리와 막 시동을 건 저승 열차가 짝을 이루는, 필생이란 자갈밭에 침목(枕木)의 이력을 까는 일. 삼키지도 내뱉지도 못하는 병목, 모래시계 같은 식도에 별이 부서진다. 어둠을 몰고 가는 차창에 달라붙는 별빛, 통통 불은 개밥바라기에 침이 흥건하다.

조문

먼 산,
바라보는 일 많다.

잇대어,
아버지와 할머니를 선산에 모신 뒤

잔대와 더덕이 좋다.
도라지와 칡이 좋다.
무논에 비친 산 그림자가 좋다.

먼저 땅속을 들여다본 것들이 좋다.

맨발

무덤끼리도 껴들기가 있다. 햇살 한올이라도 바른 곳에 모시려 삽자루며 곡괭이 싸움 벌어지는 곳, 일찍 온 할아 버지 한분이 뒤늦게 당도할 식구들을 위해 허묘 서넛을 거 느리기도 한다.

공동묘지 한쪽에는 일찍이 말뚝을 박고 복숭아나무 스 물세 그루를 심은 사람 있다. 하지만 나라 땅임을 알아차 린 다섯기의 봉분. 뽑아낼 테면 뽑아내고 묻으라니까. 어 쨌건 예서 따는 복숭아들 여기 무덤 앞에서 죄다 무릎 꿇 을 것이여. 그늘 아래 잠든 게 안됐다 싶다가도 복사꽃잎 날리는 신선놀음 아닌가. 막 나온 억새 잎이 여린 손을 흔 든다.

공동묘지 안에도 길은 있으나 무덤을 에돌아 둥글게 굽 을 따름이다. 억새나 꽃잎이나, 나비처럼 맨발이 아니라면 무덤을 타고 넘을 수 없다. 제 몸 위에 참깨를 말리고 고추 를 널어놓을 때만 무덤은 이마를 숙여 잘 익은 복숭아, 그 껍질 한가운데처럼 외줄기 곧은길을 내준다.

26

한입 크게 베어 물면 복숭아씨를 닮은 목관도 보여줄 듯
한 저 안착의 편편한 이마들. 풀뿌리 말고, 무덤이 무덤에
게 무엇을 더 건네주겠는가. 애초 생의 지름길이란 없는
것이라. 사방팔방에서 굽이쳐온 길들이 제 무덤 앞에 무릎
을 모았다가 아장아장 묘지의 등에 업힌다. 여기 와서야
푸른 신발을 신는, 길의 맨발들.

가슴우리*

　빈집을 무너지지 않게 하려면 말이죠, 기둥에 개를 묶어두는 거예요. 개는 외로움만큼 뒷다리를 버티겠죠. 그때마다 빈집도 안간힘으로 목줄을 잡아당기겠죠. 목줄 밖으로 튕겨나가는 밥그릇 따라 집 한채를 끌어당기는 긴 혀. 한쪽으로만 쏠려 더 쉽게 무너질 거라고요? 그러니까 며칠씩 돌려 매야지요. 겨울이라고 남쪽만 좋아하지는 않으니까요. 그 사람도 노을 서린 쪽문으로 떠났으니까요. 빈집은 쓰러지지 않으려고 기둥이며 서까래를 컹컹 꿰맞추겠죠. 내친김에 북쪽 기둥엔 염소도 옭아맸어요. 독촉고지서받고 한숨 쉬던 자리, 막내가 가출했을 때 줄담배 피우던 대문 쪽 굽은 기둥에도 옮겨 매었죠. 빈집은 하루하루 힘이 세졌죠. 듣고 있나요? 그대가 떠난 뒤 나도 빈집이 되었죠. 정수리에 말뚝을 치고 떠난 당신, 저도 꼼짝없이 힘이 세졌죠. 당신 가슴우리엔 무엇이 묶여 있나요. 어떤 짐승이 폐가처럼 울고 있나요. 빈방에 걸린 가족사진이 아랫목 눈물자리를 굽어보듯.

*가슴안을 둘러싸는 뼈대. 허파와 심장 등을 보호함.

백두

엄니께서 장독대에 정한수를 떠놓는 연세가 되었다
물 한그릇 모시는 데 몸의 삼할을 낮췄다
백두산 본래 높이는 삼천오백여 미터였다
화산이 터지고 팔백 미터쯤 낮아졌다
물 한그릇 모시려고 천불 뽑아냈다
하늘을 품는 일이 쉬운 일이겠는가
얼마나 많은 불길 뿜어내고
엄니는 물 한그릇 얻었나

불길 앙다물고 쭈뼛쭈뼛, 나는
헛물만 출렁이는 천치

묵

참선 중이다.
찬물에 가부좌 틀고 앉아
몸 안의 독을 피워올린다.
허공으로 사라지는 물방울 염주들.

사슴벌레 집게발도 톱니바퀴 참나무 잎도
옆구리 후려치던 떡메도 방앗간 분쇄기도
펄펄 끓던 무쇠솥도 다 지나왔다.
이제 어금니를 지나, 배 속을 지나, 가장 낮은
똥구덩이 불전에 다다르기만 하면 된다.

좌선의 지붕이자 방석이었던
찬물은 암소 한마리가 다 들이켰다.
독처럼 부푼 배, 거대한 목탁 같다.
수렁논 세마지기를 묵사발 낸
목탁 구멍 코뚜레, 거품 꽃
불두화(佛頭花) 피었다.

오늘은

저 암소가 성불하겠다.
부처의 목주름, 일소의 목덜미에
삼도(三道)* 깊다.
묵이 참 크시다.

* 불상의 목에 가로로 표현된 세줄기 주름. 생사(生死)를 윤회하는
  인과(因果)를 나타내며, 번뇌도(煩惱道)·업도(業道)·고도(苦道)를
  뜻함.

코를 가져갔다

누구나 죽지. 똥오줌 못 가리는 깊은 병에 걸리지. 어미에게 병이 오는 걸 걱정 마라. 개똥 한번 치워본 적 없다고 발 동동 구르지 마라. 지극정성으로 몸과 마음 조아리다보면 감기가 올 게다. 감기가 코를 가져가겠지. 코가 막혀 냄새만 맡을 수 없다면, 넌 내 사타구니에서 호박꽃이나 고구마 밥을 꺼내어 신문지에 둘둘 감쌀 수도 있을 게다.

나 때문에 독감에 걸렸구나. 삼우제 지나면 씻은 듯이 나을 게다. 잠시 달아났던 코는 새것이 되어 황토 무덤 앞에서 쿵쿵대겠지. 네 콧구멍에서 새봄이 시작될 거다. 그게 회춘이란다. 가족이란 언제든지 코를 주고받는 사이지. 새끼가 여럿이다보니 어미 코는 누가 베어간 것 같구나. 먼 훗날 너도 이렇게 말하렴. 잠시 코를 가져갔다가 돌려주겠노라고. 곧 봄이 돌아올 거라고.

문상

　입던 옷 그대로 달려와서 미안하네. 얼마나 가슴 아프대? 누워 계신 지 십년 넘었지? 그나저나 오징어는 좋을 거여. 갑작스런 부음에도 먹물 뒤집어쓰고 곧장 장례식에 달려갈 수 있으니께. 몸 안에 늘 검정 옷을 갖추고 있잖여. 목 놓아 울다가 넋이라도 빠져나갈라치면 빨판마다 온갖 설움 움켜잡고 바닷물에 훌훌 헹굴 수도 있으니께 말이여. 내가 참 실없네. 헌데, 누군들 가슴속에 검은 상복 한벌 없겠어? 갈비뼈 석쇠가 새까맣게 타버렸지. 십년이면 간병한 자네나 가신 분이나 빨판은 다 닳은 거여. 훌훌 잘 가실 거여. 한잔 받어.

제 2 부

내가 좋다

내가 좋다

온천탕 귀퉁이
노인의 왼 어깨에 터를 잡은 초록 문신,
참을 '忍'은 한자인데 '내'는 한글로 팠다
문신 뜨는 이도 '耐'란 한자는 쓸 줄 몰랐을까
이웃 나라끼리 한 글자씩 선린외교하자 했을까
한 사람의 솜씨가 아니라면 두 글자의 터울은 몇살일까
등을 밀어드리는 내내 입술 근질거린다 민망하게 터진
웃음의 솔기
얼마나 많은 키득거림이 그의 얼굴을 구석으로 돌려놓
은 걸까
혀뿌리에서 솟구치는 끝없는 치욕을 자디잘게 토막 쳐서
심장 속 칼날에 잘 벼렸을까, 돌아보니
'忍'은 비누거품에 들고 '내'만 홀쩍이고 있다

내는 깡패 아니다
내는 이런 걸 새기고 싶지 않았다
내는 한글도 잘 모른다 내는 한달에 한번 목욕탕 오는
게 좋다
내는 '내' 때문에 웃어줘서 고맙다 몸뚱이가 보배다

'내'가 없으면 누가 내를 쳐다보겠나

옷 입고 나가면 내는 다시 쓸쓸한 노인네다

젊은이들이 간혹 밖에서도 내를 알아보고 웃는다

내는 그게 비웃음으로 안 들린다 내는 저녁 같은 사람
이다

그늘이 어둠이 되지 않게 나지막이 살아온 사람이다

내는 땅 한평 없는데 'LH사장님'이라고 불린다

내는 아이들이 별명 불러줄 때가 그중 행복하다

'내' 할아버지다! 꼬마들이 윗도리를 벗어보라고 보챌
때는

팔뚝만 보여준다 내는 국민 할아버지다

와, 알통이다! 내는 매일 팔굽혀펴기 한다

'내'가 내를 살린다

내는 '내'가 참 좋다

색동 시월

미용실에 들렀는데 목수 여편네가 염장을 지르데.

자기 신랑은 거시기가 없는 줄 알았다고.

종일 먹줄 통기다 오줌 누곤 했으니 거시기까지 몽땅 새카매서

처음 봤을 때 자기도 모르게 거시길 뒤적거렸다고.

그랬더니 시커먼 숲에서 망치가 튀어나와 지금까지 기절시키고 있다고.

지는 처음부터 까본 년이라고. 그게 이십년 넘게 쉰내 풍기는 과부한테 할 소리여.

머리 말던 정육점 마누라가 자기는 첫날 더 놀랐다고

호들갑 떨더라고. 거시기에 피딱지가 잔뜩 엉겨붙어 있더라나.

어데서 처녀를 보고 와서는 자기를 덤으로 겸상시키는 줄 알았대.

하루 종일 소 돼지 잡느라 피 묻은 속옷도 갈아입지 못했다고

곰처럼 웃더라나. 자기는 아직도 거시기에 피 칠갑을 하는 처녀라며

찡긋대더라고. 그게 없는 년한테 씨부렁댈 소리냐고.

근데, 동생은 밤늦게까지 백묵 잡을 테니까 거시기도 하
얗겠다.

단골집 주인은 백태 무성한 서글픔을 내 술잔에 들이붓
는 것이었다.

모르는 소리 마요. 분필이 흰색만 있는 게 아니에요.

노랑도 있고 파랑도 있고 빨강도 있어요.

그려, 몰랐네. 색시는 좋겠다. 색동자지하고 놀아서.

술잔이 두둥실 떠오르는 색동 시월, 마지막 밤이었다.

사루비아

신문 위로 소나기 쏟아진다. 사철 입는 겨울 코트가 묵직해진다. 스무마리 남짓한 비둘기와 맨땅 겸상하는 나발 소주가 물먹은 외투를 가로등에 묶어 비튼다. 남의 집 첫 술부터 이놈의 먹물이 문제였지. 질질 끌고 가서 에어컨 실외기에 팔자를 펴 말린다. 그림자도 먹물이네, 덩치 큰 송풍기도 어깨 들썩이며 구시렁댄다.

신문도 급수가 있어. 욕 많이 얻어먹는 신문일수록 따뜻하지. 면수가 많잖아. 미끈미끈한 광고와 동침하려면 신혼방 꽃무늬 이불처럼 컬러라야 되지 않겠어. 금상첨화 원앙금침이라도 새벽에 술 깨면 추워야. 중앙은 아예 안 써. 갓난애 이불처럼 쪼그마해서 말이여. 안마당에 기차 들어오고 옥상에 백화점 들여놓고 사는 놈 있으면 나와보라니까. 사루비아 꽃술이 그렁그렁 맞장구치려다가, 제 눈물 속 먼 하늘이나 들여다본다.

소나기 쥐어짠 손바닥에 사루비아 피었다.
붓 빤 먹물 양동이 시원하게 엎어버린 서녁 하늘도 오랜만에 손금 환하다.

츰 봐

충남 보령시 동대동에 가면
연장전이라는 포장마차가 있다.

저마다 경기 시간과 규칙이 달라서 깨자마자 연장전에
돌입하는 사내가 있고 승부차기까지 치르는 떼거지도 있
다. 심판은 입에 푸성귀를 키우는 츰봐아줌마! 호루라기 대
신, 츰 봐! 한마디뿐이다. 쏘맥을 해도, 츰 봐! 담배를 꼬나
물고 뽕짝을 불러제껴도, 츰 봐! 뒷간이 어디냐고 물어봐
도, 계란말이에 키조개에 삼치구이를 두루두루 시켜도, 츰
봐! 아저씨랑 아직도 연장전 하시죠? 농을 쳐도, 츰 봐! 남
자는 연장이 중요한데…… 비통에 빠져 혀를 차도, 츰 봐!
한잔 같이하시죠? 말꼬리 내리기도 전에 빈 잔 차고 와서
는, 츰 봐! 아줌마도 답가 불러야죠. 내가 무슨 노래여, 츰
봐! 소주병에 숟가락 장단 딸랑이며 '이름도 몰라요, 성도
몰라!' 망나니 선수들은 어느새 관객이 되어, 츰 봐! 츰 봐!
젓가락 장단에 추임새를 넣는데, 옆집 포장마차에서 기웃
기웃 비집고 들어와서는 함께 연장전을 뛰자고 비싼 횟감
을 주문하면, 츰 봐! 남의 잔치에 불청객이 쳐들어와서는
지랄이야, 오늘 밤엔 한 경기만 치를 거여. 코를 팽 하니 풀

고는 배추뿌리도 집어주고 생굴도 넣어주며, 금니 박았네, 츰 봐! 마누라는 좋겄네. 매일 금덩어리 쪽쪽 빨아델 테니. 껄껄 웃는 아줌마의 어금니며 목덜미에도 금붙이 휘황해라, 츰 봐! 어깨동무를 풀고 서로 계산하겠다고 카드를 내밀면, 겨우 전기 끌어다가 냉장고하고 선풍기 돌리고 있는데 카드기까지 들여놨으면 두꺼비집 퓨즈 나간다고, 츰 봐! 전대에서 거스름돈 삼천원 찾느라고 하루 매상을 탁자에 헤집어놓고는, 츰 봐! 파김치가 돼서는 신랑한테 전대째 끌러줬더니 이렇게 많이 버는 줄 몰랐네, 츰 봐! 양손에 오만원짜리를 그득 쥐고 어깨춤 추는데, 츰 봐! 경기장을 나와 돌아보면 다시 연장전! 녹슨 연장 들고 집에 가봐야 일박에 아홉배는 구박이라고, 츰 봐! 이구동성으로 되들어갈라치면, 비틀거리는 등짝에 우럭 가시 같은 미늘을 새침하게 꽂아버리는데, 담 봐! 츰 봐!는 어느새 전광판 불빛과 함께 쏙처럼 사라지고, 녹슨 연장끼리 담 봐! 담 봐! 뻗목 휘두르며 동대동 거리를 대동 한마당 휘돌아 나오는 것이다. 새벽달이, 츰 봐! 구름에 들며, 담 봐! 연장전의 하루가 밝아오는 것이다. 몇걸음 비척대다보면 명천 이문구 선생께서 들르시던 인정식당, 그 저승 문턱 같은 아욱국

냄새가, 담 봐! 두툼한 목소리로 손짓하고 배 속에선 어미
잃은 어린 갈매기가 끼룩끼룩 한 소식 건네주는데,

　츰 봐! 그 눈빛으로 가슴 덥히라고.
　담 봐! 그 손사래로 등 떠받들라고.

청양행 버스기사와 할머니의 독한 농담

─이게 마지막 버스지?

─한대 더 남었슈.

─손님도 없는데 뭣하러 증차는 했댜?

─다들 마지막 버스만 기다리잖유.

─무슨 말이랴? 효도관광 버슨가?

─막버스 있잖아유. 영구버스라고.

─그려. 자네가 먼저 타보고 나한테만 살짝 귀띔해줘. 아예, 그 버스를 영구적으로 끌든지.

─아이고. 지가 졌슈.

─화투판이든 윷판이든 지면 죽었다고 하는 겨. 자네가 먼저 죽어.

─알었슈. 지가 영구버스도 몰게유. 본래 지가 호랑이띠가 아니라 사자띠유.

─사자띠도 있남?

─저승사자 말이유.

─싱겁긴. 그나저나 두 팔 다 같은 날 태어났는데 왜 자꾸 왼팔만 저리댜?

─왼팔에 부처를 모신 거쥬.

─뭔 말이랴?

44

—저리다면서유? 이제 절도 한채 모셨고만유. 다음엔 승복 입고 올게유.

　—예쁘게 하고 와. 자네가 내 마지막 남자니께.

은방울꽃

　아버지는 안마당 한가운데 우뚝 서서 식구들을 하나하
나 불렀다. 노모에게 죄송하단 말 올리고선 빗줄기 속에
서 있었다. 우리는 마루 끝에 나란히 서서 차렷 경례를 올
렸다. 아버지, 이제 오세요? 어머니가 나올 때까지, 어머니
가 서열을 잘못 찾으면 막내 옆 끝자리에 설 때까지 야간
점호는 계속되었다. 왜 내가 끝자리래요? 어머니가 댓발
입술을 내밀면 빗물에 젖은 머리칼을 쓸어 올리며, 당신이
막내보다 귀엽잖아. 찡긋, 눈짓을 날렸다. 우리는 그제야
골방으로 기어들었고 어머니의 입술은 은방울꽃 가장 작
은 봉오리가 되어 취한 아버지를 마른 수건으로 닦아드리
는 것이었다. 그런 날 꿈결엔 막내를 임신한 늙은 어미가
하얀 이를 내보이며 웃는 것이었다.

고정과 회전

들어올 때는 국밥집하고 순댓국집이 같은 식당인 줄 몰랐지? 자네 내외처럼 식당 앞에서 옥신각신하다가 다른 문으로 들어오는 사람들 많어. 이 문으로는 소머리국밥 먹겠다고 씩씩거리며 들어오고 저쪽 문으로는 순대가 땡긴다고 돼지 꼬랑지처럼 꼬부라져서 들어오지. 처음엔 병천 순대집이었지. 국밥집에 세를 줬는데 파리만 날리다가 나가버렸어. 머리 잘 돌아가는 내가 벽을 터버렸지. 지 먹을 것 따라서 따로 들어왔다가 멋쩍게 한 탁자에 앉는 사람들 많어.

그만 좀 웃어. 에어컨 한대 갖고 당최 시원해야지. 쓰레기장에서 벽걸이 선풍기를 주워왔는데 회전이 안되는 거여. 며칠 뒤 한대를 또 주워왔는데 요번엔 고정이 안돼. 그래 메뉴판 옆에 나란히 걸어놓고 명찰을 붙여줬지. 왼쪽 놈은 "회전이 안돼요." 오른쪽 것은 "고정이 안돼요." 생각해봐. 인생도 회전과 고정, 아니겠어. 멧돼지처럼 고정 못하고 돌진하다가 잘못되는 꼴 많잖어. 또 잔머리만 굴리다가 순대 속같이 잡스러워지는 거 아니겠어. 저 선풍기 때문에 손님이 늘었어. 하나만 걸려 있으면 고장난 선풍기지

47

만, 둘이 붙어 있으니께 친구 같고 부부 같잖어. 동서니 남북이니 하는 것도 서로 끄덕끄덕, 살랑살랑, 시원한 바람을 한통속으로 섞으면서 살아야지. 우리 부부도 녀석들 때문에 별명이 생겼어. 내가 회전댁이고 우리 집 양반이 정지아저씨여. 아저씨가 오토바이광(狂)이거든. 그저 돌진이여. 나야 얼굴 예쁘고 몸매 좋아서 쟁반 이고 나가면 사내들 눈알이 팽팽 돌아가지. 귀가 밝아서 눈알 돌아가는 소리까지 다 들려.

선풍기 밑에 나란히 서봐. 기념사진 하나 박아줄게. 고장난 선풍기도 저렇게 짝이 있는 거여. 둘이 끄덕끄덕 잘살어. 메뉴 하나 양보 못하고 다른 문짝으로 들락거리지 말고. 고정과 회전이 연애고, 정치 경제고, 세상 모든 책이여. 근데 안식구가 쎅시하게 생긴 게 고정이 잘 안되겠네. 국밥 좀 많이 잡숴야겠어. 나갈 때 갈비하고 등뼈 좀 끊어가. 정지버튼이 안 먹히는 바가 있어야 사내답지. 그만 좀 웃으라니께.

간장게장

내 별명은 밥도둑이다. 등딱지는
열번 넘게 주조(鑄造)한 이각반합(二角飯盒)이다.
밥 한그릇 뚝딱! 게 눈 감추듯 치워버리는,
이 신비한 밥그릇을 지키려 집게손을 키워왔다.
손이 단단하면 이력은 두툼하다.
복잡한 과거가 아니라 파도를 넘어온 역사다.
양상군자(梁上君子)와 더불어 반상군자(飯床君子)로
동서고금의 도둑 중에 이대 성현이 되었다.
바다 밑바닥을 벼루 삼으니 먹물마저 감미롭다.
음주고행으로 보행법까지 따르는 자들이
발가락까지 쪽쪽 빨며 찬양하는 바다.
내 등딱지를 통해 철통 밥그릇을 배워라.
밥그릇은 어떻게 지켜야 하는가?
큰 그릇이 되려면 지금의 그릇은 버려라.
묵은 밥그릇마저 잘게 부숴 먹어라.
언제든 최선을 다해 게거품을 물어라.
옆걸음과 뒷걸음질이 진보를 낳는다.

궁합

위암 말기 판정을 받은
쑥골댁 아주머니가 버스에서 내리며
꽃무늬 바가지로 햇빛을 가린다.

"지한테 부탁하지 그랬어요."
"마지막이라 생각하고 장 구경 다녀왔어."
"플라스틱 바가지는 왜 샀대요?"
"토할 때 쏠라고."
"많이 힘들지요?"
"이골이 나서 술술 넘어와."
"변기에다 토하면 그릇 닦을 일도 없을 텐데……"
"똥통에 코 박고 있다가 죽을 순 없잖여. 얼마 남았다고."

갑자기 소나기 쏟아지자
꽃무늬 바가지 뒤집어쓰고
추녀 밑으로 달음질한다.

"그 인간이 술만 먹으면 변기에 토했잖여."
"아저씨 보고 싶죠? 금실 좋았잖아요?"

"암만. 변기에 머리 박고 토하는 것까지 찰떡궁합이지."

대꾸할 말을 찾지 못해
멈칫거리는 사이,
하늘이 알아서 비를 긋는다.
앞산 마루, 그 인간의 무덤도
초록 물바가지를 쓰고 있다.

버티고

신용금고 유리창에 부딪혀 새가 죽었다 새는 하늘 속으로 힘차게 날았을 뿐이다 하늘이 벽이었구나 심장에 저승이 있다는 말 거짓이었구나 깃털 끝에 있었구나 깨닫는 순간 머리가 당목(撞木)이 되었다 다음 날 다른 새가 날아와 연속 세번 종을 크게 치고 죽어버리자 둘 사이를 연인이라 확신한 대출계 노처녀 신금숙 씨가 신입 사원과 함께 화단에 묻어주었다 북경반점 나무젓가락으로 십자가도 세워주었다 신용대출 심사에 세번이나 탈락한 제비광고 박사장이 번호표를 만지작거리다가 급히 사다리차를 끌고 왔다 신용금고 유리벽에 독수리 일곱마리가 날게 된 사연이다 천적이 있으면 선회할 터, 하지만 새의 죽음이 멈추진 않았다 사람만 한 천적이 어디 있으랴, 신용금고 이사장이 대머리를 반짝이며 유리벽에 광고주로 나선 까닭이다 선뜻 이사장의 얼굴을 대형 출사해준 이도 제비광고였다 한 손엔 독수리를 다른 손엔 연 6.9% 이자를 쥐고 새털구름에게도 금융을 파는 이사장의 금니가 더욱 반짝였다 새는 더이상 죽지 않았다 제비광고가 다시 번성하게 된 까닭이야 네번째 대출 심사를 무사히 통과한 덕이지만, 화단 속 작은 새대가리들이 지혜를 모아준 까닭이 첫째라고 봄가을 철새들이 풍문을 전하듯 울어댔다 새는 죽음을 버티고, 제비광고는 이자를 버티며 겨울이 가고 여름이 갔다 사다리차는 제 삐걱거림을 버티고, 오늘도 몇차례 새털구름 속으로 관절을 쭉 펴는 것이었다 버티고 버티다보면 새들의 vertigo*도 사라지지 않겠는가 사실 새들이 다가오지 않은 진짜 이유는 머리 둘 달린 6.9%라는 괴상한 짐승이 비탈에서 새알을 굴리고 있었기 때문이라고 늦가을 하늘에서 철새 소리 왁자하게 들려오는 것이었다

* 비행착각 현상.

신불출(申不出)

"만담은 웅변도 강연도 아니고 말장난은 더더욱 아니올시다. 만담에는 사람의 가슴을 찌를 만한 그 어떤 진실이 필요한 거외다."

우스꽝스런 것에 웃음의 창을 찌를 때,
같잖은 것에 한결같음의 줏대를 세울 때,
그렇다, 만담유골(漫談有骨)이다.

"사람이 왜 사느냐가 문제인 것이 아니라, 어떻게 살 것인지가 문제로소이다. 그러므로 우리는 '왜'라는 것을 아예 없애버려야 하는 거외다."

왜를 위해 살 수 없다.
왜를 위해 이름과 성을 팔 수 없다.
왜? 하면 부르르 주먹 그러쥔 지 참 오래구나.
왜란, 없다. 없어야 한다.

"나의 이름은 본래 불출이가 아니외다. 왜 불출이라고 개명했느냐? 네놈들 세상인 줄 알았더라면 태어나지 않

을걸! 즉, 네놈들 세상엔 나가지 않겠다고 한 데서 아니 불
(不) 자와 날 출(出) 자를 쓴 거외다.”

　폭거 폭력 폭도 폭발 폭언 폭압
　폭정 폭탈 폭탄 폭살에 폭소를 날린 사람.
　불출의 타는 심장에서 불출의 혀로 솟구친 웃음의 뼈마
디가
　방방곡곡 쓰러진 뼈마디 뼈마디를 어깨동무로 일으켜
세워
　백두대간을 춤추게 한 사람. 얼어붙었던 핏줄의 춤사위
　흘러 흘러서 봄 강물로 풀어놓은 사람.

　“노들강변 봄버들 휘늘어진 가지에다가
　무정세월 한허리를 칭칭 동여매어나 볼까.
　에헤요 봄버들도 못 믿으리로다.
　푸르른 저기 저 물만 흘러 흘러서 가노라.”

까치설날

까치설날 아침입니다. 전화기 너머 당신의 젖은 눈빛과 당신의 떨리는 손을 만나러 갑니다. 일곱시간 만에 도착한 고향, 바깥마당에 차를 대자마자 화가 치미네요. 하느님, 이 모자란 놈을 다스려주십시오. 제가 선물한 점퍼로 마당가 수도 펌프를 감싼 아버지에게 인사보다 먼저 핀잔이 튀어나오지 않게 해주십시오. 아내가 사준 내복을 새끼 낳은 어미 개에게 깔아준 어머니에게, 어머니는 개만도 못해요? 악다구니 쓰지 않게 해주십시오. 파리 목숨이 뭐 중요하다고 손주 밥그릇 씻는 수세미로 파리채 피딱지를 닦아요? 눈 치켜뜨지 않게 해주십시오. 아버지가 목욕탕에서 옷 벗다 쓰러졌잖아요. 어머니, 꼭 목욕탕에서 벗어야겠어요? 구시렁거리지 않게 해주십시오. 마트에 지천이에요. 먼젓번 추석에 가져간 것도 남았어요. 입방정 떨지 않게 해주십시오. 하루 더 있다 갈게요. 아니 사나흘 더 자고 갈게요. 거짓부렁하게 해주십시오. 뭔 일 있냐? 고향에 그만 오려고 그러냐? 한숨 내쉴 때, 파리채며 쥐덫을 또 수세미로 닦을까봐 그래요. 너스레 떨게 해주십시오. 용돈 드린 거 다 파먹고 가야지요. 수도꼭지처럼 콧소리도 내고, 새끼 강아지처럼 칭얼대게 해주십시오. 곧 이사해서 모실

게요. 낯짝 두꺼운 거짓 약속을 하게 해주십시오. 내가 당신의 나무만이 아님을 가르쳐주었듯, 내 나무그늘을 불평하는 일이 없도록 해주십시오. 대대로 건네받으셨다는 금반지는 다음 추석에, 그다음, 그다음, 몇십년 뒤 설날에 받겠습니다. 당신의 고집 센 나무로 살겠습니다. 나뭇잎 한 장만이라도 당신 쪽으로 나부끼게 해주십시오.

설중매

우리 집 진돗개 이름은 개다. 이름 부를 수 없을 때를 위해 이름 없음을 이름 삼았다. 개란 이름은 언제 어디서나 계속 태어나니까.

진돗개 똥구멍에 검은 매화 한송이 피어 있다. 개의 가슴에도 사철 바람이 이는지, 꽃잎 살랑거린다. 개 같은 세상! 담배 연기 길게 내뿜는데, 제 이름 부르는 줄 알고 뒤돌아 검은 매화 보여준다. 개도 눈길 받는 구석을 안다. 욕하는 입은 꽃이 아니야, 매화가 옴찔옴찔 속삭인다. 그가 꽃잎을 땅바닥 가까이 대니, 뒤꼍도 매화틀*이다. 울 밑도 매홧간**이다. 네가 왕이다. 개가 왕후장상이 된 적 벌써 오래지 않은가.

깨끗한 뒤끝, 사람이든 짐승이든 내남없이 한송이씩 피어 있구나. 몸이 화분이구나. 눈발 날리는 새벽, 오래도록 찾아 헤맨 현묘(玄妙)를 본다. 가슴속 회오리가 거꾸로 처박힌 매화의 꽃대구나. 씹고 뜯고 으르렁거리는 일들이 선달 눈 녹은 물을 좋아하는 매화나무 뿌리 때문이구나.

억만송이 흰 매화꽃이

검은 매화 한송이 만나려고 현현(玄玄) 밤하늘을 뛰어내
린다.

* 궁중에서 가지고 다닐 수 있게 만든 변기를 이르던 말.
** 뒷간을 달리 이르는 말.

명맥(命脈)

　벽화가 많다. 늙은이 분칠을 한 담벼락이 많다. 담장에 기대어 선 해바라기의 얼굴에 검버섯이 커다랗다. 꽃은 지는 게 아니라 무너지는 거다. 원주민이란 말이 아프리카에만 있는 게 아니다. 깡마른 자부심만큼 난닝구는 늘어졌다. 옥상마다 평상이 있고 항아리는 뚜껑이 달아났다. 덧씌워진 평상의 노란 장판엔 이십일년산 못대가리가 녹물을 말리고 있다.

　사우나나 찜질방에 치여 옹송그린 채 김을 뿜어올리는 대중탕, 천(川) 자를 수반에 담고 붉은 눈을 깜박여온 지가 어언 오십년이다. 표 파는 아내 얼굴을 보여주지 않으려고 낮게 파놓은 매표소 작은 구멍, 이제 팔순의 얼굴이 맞춤하다. 원도심이나 구도심은 분명 저 입욕권을 파는 작은 구멍으로 숨을 쉬리라. 명맥을 이어가리라.

　외곽의 고층 아파트에 올라 구도심을 굽어본다. 강원도 양구의 펀치볼처럼, 우물눈이 움푹하다. 지방을 붙여놓은 것 같은 간판들. 옥상의 평상을 제사상 삼아, 안마당의 감이며 대추며 붉은 고추를 진설한다. 연막소독차가 병풍을

펼치며 골목을 누비자, 대중탕 굴뚝이 하늘 높이 향을 피
워올린다.

　재개발 소문을 타고 부동산중개소들이 새 간판을 내걸
자, 떠났던 자식들이 분주하게 발걸음을 옮긴다. 한날한시
제사가 이리 많았던가, 새로 쓴 지방마다 환하게 불이 켜
진다. 부동산중개소들이 축문을 쓴다.

비둘기

시청은 이사 가고 비둘기만 남았다
통보받은 바 없어 명퇴 서류도 준비 못한 공무용 비둘기
차량과 민원과 서류 뭉치가 떠나자 안절부절못한다
평화와 번영과 봉사는 다들 어디로 날아갔나
더이상 공무도하가는 부르지 않으리
남은 일이라곤 옥상 난간에서 제 알을 굴려 떨어뜨리는
것뿐
사람 없는 빈집에 둥지 틀어 무엇해! 교미도 시늉뿐이다
노른자 흰자 비둘기똥은 박살난 제 알을 빼닮았다
명퇴 서류에 박아넣을 눈알만 붉게 굴려댈 뿐
혼신을 다해 타이핑하던 뭉툭한 부리로
마지막 공무인 양 주차선 페인트 자국이나 쪼아댈 뿐

제 3 부

시의 쓸모

꽃은 까지려고 핀다

잘 터져야 한다.
씨앗이 말했다.

잘 까져야 한다.
꽃봉오리가 말했다.

바람을 잘 피워야 한다.
우듬지 이파리가 말했다.

잘 박아야 한다.
나무 밑동이 말했다.

잘 올라타야 한다.
장작이 말했다.

잘 까져야 한다.
시가 말했다.

시인

몽당연필처럼
발로 쓰고 머리로는 지운다.
면도칼쯤이야 피하지 않는다.

몽당(夢堂)의 생,
자투리에 끼운 볼펜대를 관(冠)이라 여긴다.
뼈로 세운 사리탑!
끝까지 흑심(黑心)을 품고 산다.

한 사람의 손아귀
그 작은 어둠을 적실 때까지.
검게 탄 마음의 뼈가 말문을 열 때까지.

바가지 권정생

당신을 떠올리면
우물터 바가지가 생각납니다
목마를 때에는 시원한 물바가지
샘물 퍼올릴 때에는 두레박
마늘 생강 쪽파 다듬을 때에는 소쿠리
당신을 떠올리면 못난 바가지가 떠오릅니다
감자 놓을 때에는 마른 재 퍼오는 삼태기
땀 찬 어미 소 여물 줄 때에는 쇠죽통
복실이한테는 개밥그릇, 병아리 씨암탉에게는 모이통
닭장 토끼집 돼지우리 고칠 때에는 연장통
전쟁놀이에는 철모, 밤 호두 땅콩 깔 때에는 탄피 주워
모으던 반합 뚜껑
당신을 떠올리면 오래된 얼굴이 떠오릅니다
하지만 꿀 한번 담아보지 못한 꼬질꼬질한 바가지
시렁이며 벽장이며 높은 곳에는 올라가보지 못한 바닥
의 나날
마루에서 토방으로 마당에서 헛간으로
끝내는 냄새 고약한 뒷간으로 가는 똥바가지
어깨 들썩이며, 논밭으로 소풍 가는 오줌바가지

더 낮은 데 없을까? 밀 보리 감자 고구마 무 배추
실뿌리 알뿌리에게 몸과 맘 다 들이미는 똥장군
당신을 보면 얼굴만 봐도 흥겹다는 못난 얼굴이 떠오릅
니다
당신을 읽을 때마다 저려오는 오금은
홀로 시렁에 걸터앉아 으스대고 있기 때문이죠
강아지 혀에 단물 퍼 올려주는 당신
병아리 부리로 목탁을 쪼는 당신
당신을 우러를 때마다 오그라드는 마음은
깨진 바가지에 남의 꿀 퍼 담으려 싸우고 있기 때문이죠
마당일 변소일 잘 마친 당신, 겨울잠 자는 오소리 굴까지
종소리 퍼 나르는 깊고 둥근 바가지
당신을 떠올리면 제비 새끼 똥 하얗게 핀
제비집이 떠오릅니다, 당신은
민들레꽃 바가지

실소

웃기는 놈이 되고 싶었다. 당연히 말이 많아졌다. 힘은 대부분 입으로 빠져나갔다. 왜 안 웃지? 웃음의 코드를 뽑은 채 버튼을 눌렀나? 남은 힘은 통박 재느라 다 써버렸다. 석회 포대를 풀어놓은 우물처럼 머릿속 산소가 사라졌다. 이야기를 너무 압축했나? 어지러웠다. 개그맨이 되지 않은 걸 다행이라고 여겼지만, 그런 날은 늦은 시간까지 유머사전을 들춰봤다. 그러다가 시인이 되었다. 웃기는 시를 쓰고 싶었다. 감동이 아니라면 재미라도 있어야지, 내 시 창작법의 전부였다. 고요가 사라졌다. 발광하려고 발광하는 때 많았다. 친구를 좋아한 게 아니라 친구를 웃기고 싶었다. 잘 웃어주는 게 우정이라고 믿었다. 엄숙하게 사는 게 두려웠다. 불안을 부풀리는 기도가 싫었다. 시끄러운 내면을 활기라고 믿었다. 술을 좋아한 게 아니라 취기에 기대어 웃어젖히는 게 좋았다. 혼자 밥 먹는 게 싫었다. 혼자 술 먹는 게 싫었다. 혼자 걷는 게 싫었다. 시끄럽고 번잡한 곳에서 시를 쓰고, 동인들과 합평하는 걸 좋아했다. 이제 쉰 넘어, 쓸쓸함이란 호사가 찾아왔다. 빈 술잔의 고요를 즐기는 요즈음, 나를 들여다보며 혼자 웃는다. 혼자 웃는 놈이 되었다. 아, 나는 나를 크게 이루었구

나. 나는 진정 나마저 웃기는 놈이 되었다. 드디어 웃긴 놈
이 되었다.

시의 쓸모

모 시인의 승용차가
폐차 직전이란 걸 눈치챈 자동차 외판원은
시인의 대표작과 신작시를 달달 외웠다.
시인이 오래된 만년필로 연거푸 싸인했다.
하나는 신작 시집이었고 다른 하나는 구매계약서였다.
자신의 시에 처음으로 제값을 치른 쾌거였으므로 승차
감 또한 흐뭇하였다.
나 또한 시의 노복, 내 단골집 아씨는 별명이 줄똥말똥
이었다.
가난한 시인의 전통을 내세워 안주 없이 맥주만 홀짝
였다.
두어달이 지난 어느날, 옥편 값이 더 비싸대요!
한자(漢字) 어석거리는 나의 시 「풋사과의 주름살」을 줄
줄 외웠다.
무릎을 꿇은 채, 메뉴판의 구부 능선을 제 유방으로 덮
고는
가장 비싼 메뉴에 초고추장 같은 손가락을 찍었다. 왼손
으로는
브래지어 끈을 살짝 올렸다가 눈사람 목주름만큼만 끌

어내렸다.

딱 여기까지라는 듯 가슴 둔덕에 붉은 선이 그어져 있었다.

다른 안주를 살피려면 그녀의 젖가슴을 들어올리는 수고로움이 뒤따르므로

나는 물레방앗간 옆 산뽕나무처럼 오디 눈동자만 깜작였다.

오빠 그거! 한번 매상을 올린 그녀는 번번이 과일안주를 대동했다.

그녀는 세상에서 가장 교양미 넘치는 시 낭송가였다.

자동차 외판원의 애인이란 소문을 듣기 전까지는 말이다.

어딘가에서 손익계산서를 두드리며 시를 외우는 애인들아.

아직도 나는, 주춧돌 메고 나가 기둥서방이라도 되고 싶다.

끝내 시의 용도 폐기까지는 따져 묻지 못했지만

시 한편이 최소한 과일안주 값은 되기를!

이 몸이 죽고 죽어 메뉴판이 되리라! 나에게도

뻥뻥 축포가 터지던 시의 역사가 있었다.

말줄임표

바늘이 지나간 한땀 한땀은 말줄임표 같다. 말줄임표에
는 마침표가 하나씩 박혀 있다. 말줄임표 하나에 일곱 문
장, 여섯 문장은 짧고 한 문장은 길다. 소실점을 향해 박음
질된 문장, 시의 운명이다. 마침표만 오롯하다. 삶이 흐느
낄 때마다 시는 골무처럼 깜깜해졌다. 골무는 마침표를 반
으로 자른 것 같다. 마침표에 손가락을 끼우니, 몸이 숯덩
이 전집(全集)이 된다.

시론

천편일률(千篇一律)이라고
머리맡에 써놓았다.

천권을 읽어야
시 한편 온다.

편지봉투에 풀칠하듯
한줄 더 봉한다.

천편을 써야
겨우 가락 하나 얻는다.

이율배반(二律背反),
이천편을 쓰면
등 뒤에 눈을 단다.

강원도시인학교

강원도시인학교는 고갯마루 학교다. 원주 부론면 정산리 자작고개에 올라 삼박사일 자작부터 시작하지. 시작법은 주도이계, 술에 빠져 죽지 말고 노를 저어라. 나머지 하나는 남의 탁자를 넘보지 마라. 술 대신 시를, 탁자 대신 시상으로 바꿔 심장에 넣어둘 것. 시의 몸을 마중하려 비틀비틀 횡성군 서원면 석화리 다른고개에 올라 새로움과 낯설게 하기로 두어 끼니 해장하고, 대관령에 올라 새가 구름에 들 듯 시의 큰 빗장 열기를 배우지. 달포 지나 구름에서 부화한 어린 새들이 달빛 문장을 익힐 즈음, 홍천군 화촌면 야시대리 사실고개에 앉아 옥수수 대궁을 씹으며 입술에 피칠하는 현실에 눈을 뜨지. 이쯤해서 소주병에 한숨을 쟁인 채 하산하는 이도 있다만 시의 잉크가 눈물뿐이겠는가? 마음 여린 치들은 원주 지정면 갈현리 바른고개에서 투사가 되어 내려가지. 한나절 달음질쳐서, 홍천군 내촌면 와야리 수작골고개에 올라 무명의 짐승들과 삐침과 능침에 대해 수작을 부리고는, 인제군 기린면 조롱고개에 올라 수수께끼 같은 세상에 풍자를 날리는 비수의 문장을 갈빗대 삼지. 내친김에 화천군 사내면 명월리 재치고개에 올라 해학의 너털웃음으로 가슴의 터널을 뚫고 나니, 어느새 수업은 가을 소풍이라. 인제군 북면 용대리 단풍에 취하다 문득 저 편편 단심들이 억만평 원고지를 지극정성으로 물들였구나. 미시령에서 무릎을 접고 미시의 눈을 뜨니, 멀리서 날아드는 철새들 부리부터 발끝까지 일필휘지한 문장이구나. 대강 겉핥기 했으니 이제 어디로 가나? 간성으로 내달려 진부령에서 숨 몰아쉬느니, 그 큰 고개 다 넘으면 무엇하나? 진부한 이야기라면 말이지. 막혔던 속가슴 터지는 찰나, 처음인 양 화진포 어디쯤에서 해가 뜨는구나. 넘어온 길 되돌아가면 그 끝자락에 절창 한편 하사한다지만, 손곡 이달 선생도 구경 못했다는 절창을 어찌 만날 수 있겠나. 홀로 학생이고 선생이고 교장인 시인학교 만년 자습 시간! 흥얼흥얼 진부령 미시령 넘어 한계령에서 큰 숨 들이마시니, 입천장까지 만중운산이라. 상상력이란 언제나 한계점에서 솟아오르는 법, 성에구름을 술술 들이켜니 오장육부에 초겨울 찬비가 내리는구나. 소승폭포 쪽으로 발길을 돌려 대승의 큰 수레바퀴에 연꽃 씨를 묻고, 상투바위골에 들어 좌골 우골 합수쳐 흐르는 물소리를 뼈 마디마디에 들지. 어느 한쪽에서 다른 한쪽만 바라보는 게 상투성이라. 귀때기청봉으로 내려오며 좌충우돌 귀때기 새파란 문청 시절로 돌아가는구나. 다시 구름을 잡아 타고 조롱고개를 넘어 수작골고개를 넘어 춘천 동면 상걸리 가락재에 당도하여 음보와 율격을 뛰어넘는 가락이란 무엇인가? 양사위로 날아가는 새들의 어깨장단을 흉내 내다가, 신북읍 유포리 배후령에 턱 괴고 앉아 눈에 밟힌다는 말의 속사정과 구름의 뒤통수를 가늠해보나니, 배후가 없는 시에 무슨 두께가 있겠는가? 게걸음으로 한나절, 춘천 서면 서상리 퇴골고개에 올라 퇴고란 또 무엇인가? 한유와 가도의 시작법도 되새겨보는데, 술에 젖었다 말랐다 시작법 노트가 제법 두툼해졌구나. 비틀비틀 원주 지정면 안창리 작달막고개에 앉아 작달막한 문장이 천하를 품는 시의 오지랖을 외마디 엄지로 짚어보나니, 어느새 자작고개라. 눈이 맑아지면 펜 대신 칼을 뽑는 게 단명한 자들의 묘비명이라. 눈망울에 잠자리 날개를 덮씌우고 내리 두어 달 자작하다보니, 동상 걸린 발가락이 횟감으로 보이는 거라. 혀를 차던 설해목이 크게 살점을 찢어 건네며 일갈하길, 곰취 순이 돋을 때까지 제 허벅지를 안주 삼아 큰 시인이 되어라! 설레설레 손사래 치다가, 설해 송진에 언 펜을 찍는 강원도시인학교.

이팝나무 연주회

열꽃 핀 볼을
팔각 가로등 기둥에 대자
차가움보다 먼저 음악 소리가 들려왔다.
달빛에 젖은 검은 활, 쇠기둥을 켜는 이는 이팝나무였다.
얼마나 오랫동안 갇혀 있었던 것일까.
해묵은 가락이 막 태어난 소리의 품에서 흐느끼고 있
었다.
눈이 감겼다. 겨우 눈꺼풀을 녹여 우러러보니 겨울 달이
떠 있었다.
잔가지 둘이 바람의 세기에 따라 활을 내맡기고 있었다.

겨울 지나 봄이 왔다.
여린 잎과 꽃숭어리가 잔잔한 시냇물 소리를 들려주었다.
산딸기 같은 귓불과 올챙이 꼬리 같은 침묵을 보여주
었다.
쌀 씻는 소리가 못갖춘마디의 장작 타는 소리를 휩싸고
돌았다.
사흘이 멀다 하고 내 보온 몸통에 밥 끓이는 소리를 품
었다.

여름이 왔다.

하늘 물소리의 연주는 키질 소리 같았다.

유지매미와 풍뎅이 들이 캐스터네츠를 치고 불나방과 집게벌레가 드럼을 연주했다.

지휘자는 북태평양과 오호츠크가 만나 한몸을 이룬 고기압 전선이었다.

파멸 직전의 떨림, 심취는 활이 부러지고야 멈췄다.

연주가 멎자 가을이 왔다.

나도 한파의 고요에 빠져들었다.

소리보다 악기의 몸통을 어루만지는 게 좋았다.

다시 봄바람을 기다렸다. 일기예보가 새로운 악보였다.

황사 장막이 걷히고, 새잎의 손목에 힘이 돌면 다시 연주가 시작되리라.

아, 아름다운 야외 음악당.

꽃숭어리의 신곡 발표회에 참가한 지 어언 세해가 지났다.

올해엔 높고 먼 활이 악기에 닿았다.
굵고 멀어진 만큼 소리의 몸통도 단단해졌다.
그사이 산책 나온 어른들과 눈인사 나누는 일 많아졌다.

"벌써 여러 해째 저걸 껴안고 있다며."
"선생이라는데, 애들은 똑바로 가르친대. 손자가 그러
데."
"시인이랴. 책도 여러 권 냈다더라고."
"글 쓰는 사람이란 게, 반미치광이라잖아."

손뼉 치며 뒤로 걷는 아주머니들의 걱정이 사계의 노랫
말이었다.
미치광이 시인은 아랑곳없이 하늘 악기를 껴안았다.
늦가을, 활이 떨 때마다 연주자의 작은 손뼉이 달아난다.
눈보라의 열정을 휘몰고 올 지휘자를 기다린다.
멀리서 기러기 날개 치는 소리 들린다.

해마다 자라는 활과 사랑에 빠졌다.

눈

나라님보다도 일찍 맛보는 이는 대령숙수(待令熟手) 궁
중 요리사지요 그래 맛볼 상(嘗)이란 한자에 일찍,이라는
뜻이 덧붙은 거지요 숙수보다도 먼저 맛을 보는 것은 국자
겠지요 요리사의 젓가락 숟가락이겠지요

입보다는 코겠지요 콧구멍보다는 십리 밖 허기겠지요
그런데 솥 정(鼎)이란 글자를 보면 젓가락보다 먼저 먹는
놈이 눈이란 것을 알게 되지요 본시 그릇 모양을 본뜬 글
자지만, 글자 속에 웅크린 채 솥뚜껑 열리기만 기다리는
눈이란 생각이 들어요 빈 솥에는 빈 솥만 한 검은 눈이 있
지요 솥이 우주라고 생각해봐요 온 누리를 맛보는 눈알을
봐요 시(詩)란 녀석도 솥 안에 웅크리고 있는 형형한 눈알
이 아니겠는지요 밥그릇에 고봉으로 눈빛을 퍼 담고 숟가
락을 들어요

다음 시간엔 위(僞)와 가(假)란 글자를 공부해요 두 글자
모두 팔짱 끼고 건들건들 엿보는 사람 하나 있지요 거짓부
렁으로 무언가 빌려가려고 흠칫거리고 있군요 사람만이
거짓을 짓는 동물임을 경계 삼는 글자지요 펄펄 끓는 가마

솥 속의 눈알이라면 그런 거짓과 억지는 푹 삶아 먹을 수
있겠지요

꽃그늘

五柳先生(오류선생) 집 수염 짧은 쥐,

鼠錄(서록)일세. 잘 지내는가?

장화도 신지 않고 蓮池(연지)에서 노닐다가

가을이 당도하야 마당가 국화 밑에서 편지를 쓰네.

국향으로 연향을 밀어내려니 어찌 벗이 그립지 않겠나?

오늘도 국화꽃 그늘에서 종일 울 밖 단풍을 내다보네.

이 맛이 採菊東籬下(채국동리하) 悠然見南山(유연견남산)이군.

키가 작아 자꾸 까치발을 딛다보니 발목이 부어올랐네.

아내는 붉은 내 발바닥이 보기 좋다고

침 묻은 수염으로 발바닥을 간질이네.

발바닥이 좁으니 쥐수염붓으로 두어자 연서나 쓴다네.

아기단풍 같고 홍련 봉오리 같다고 볼을 비빈다네.

아내는 아마도 사산한 첫애 얼굴을 떠올릴 것이네.

내외가 다 이가 상해서 마른 옥수수와 국화꽃으로 누룩을 빚었다네.

물은 국화 뿌리에 작은 우물을 파서 菊英水(국영수)를 얻었다네.

꼬리에 참기름 몇방울 찍어서 부인과 함께 오시게나.

자네 첫사랑인 우리 집사람도 겸상할 만큼 마른 국화 향
이 난다네.

술상은 서쪽 툇마루에 마련할 테니 해 지기 전에 오시게.

아내는 몇번이나 도랑에 국화꽃 띄워 발바닥 닦고 있
다네.

갓난아이 첫 목욕 때처럼 마음 벌써 불콰하다네.

댓잎이 달빛 각을 마칠 때까지

우리도 對聯(대련)이나 쳐보세.

흰 붓

진눈깨비도
굽은 등에 더 쌓인다.
흔들림 없이 걸어와서 그렇다.
손주 녀석 발버둥에 보푸라기가 일어서 그렇다.
가슴팍에 온기를 그러모으느라 등짝이 차가워져서 그
렇다.
직립의 산비탈을 눕혀 파밭을 일궈서 그렇다.
대파밭 가득 한파 대설이다.
노파라고 혀 차지 마라.
꽃숭어리마다 봉분이다.
하늘을 우러르는 흰 붓이다.
어떻게든 새끼들 가르친
까막눈이 문필봉(文筆峰)이다.

경주 남산

미끄럽죠.
그런데 사람들
넘어지면서도 웃지요.
여기 모래가 그냥 모래인가요.
부처님 귓바퀴나 눈동자에서 출가한
말씀 아니겠어요.

천년도 넘게
거미줄로 바랑을 꾸려보지만
술술 새어나가는데 어쩌겠어요.
슬그머니 넘어져보세요.
작은 미소 위에 살짝
무릎을 짚어요.

그봐요.
주저앉으니
산이 커지죠.
모래부처님 뜻이지요.

춤

가장
소중한 건

얼씨구나.

쉰살 아침에
쉬운 답을 얻었다.

얼과 씨가
삶의 얼개임을.

단 한번 사랑으로도
얼씨구나.
통째로구나.

올 때도
떠날 때에도

얼씨구나.
얼씨, 한몸이구나.

제 4 부

우주의 놀이

못

망치질하다가 보았습니다
못 머리에
십자가 그득했습니다

못을 폅니다
굽은 못의 목덜미마다 칼눈 날카롭습니다
빗맞는 순간, 숨통이 흰자위가 된 겁니다

허방에 떠 있던 발끝을 들여다보던 눈입니다
한번 부릅뜬 뒤로 여닫은 적 없던 눈입니다

눈물 그친 적 없든지
눈물 한방울 흘리지 않았든지
녹물은 없습니다

못을 뽑다가 알았습니다
잘못 박힌 못, 머리마다
십자가 일그러져 있었습니다

뺑그레

검은색 대형 승용차가 뺑튀기 기계를 낳았다. 순산이다.
허름한 아파트에서 아이들이 쏟아져 나왔다. 묵은쌀과 옥
수수 알갱이와 검정콩이 뛰어나왔다. 깡마른 누룽지와 주
근깨 번진 흰떡이 나왔다. 돼지저금통을 통돼지로 튀겨가
는 아이도 있었다. 입비뚤이와 붕어눈과 목주름에 물음표
를 매달고 어른들이 뒤따라 나왔다. 뺑튀기 기계 얼마나
한대요? 돈까지 뺑튀기를 하시나? 승용차가 참 좋네요. 난
뺑튀기 기계만도 못한 인생이에요. 어른들의 저린 팔짱과
달리, 아이들은 귀를 막고 공짜 튀밥처럼 웃는다. 꿀벌이
겨우내 이팝나무 꽃을 기다리듯, 튀밥아저씨는 아이들의
웃음꽃만 즐거워한다. 번 만큼 다 나눠준 빈털터리 아저씨
가 대포를 싣고 손을 흔든다. 아이들의 볼에 이팝나무 꽃
이 피어 있다. 시동을 걸어놓고는, 휴대폰 액정에 뜬 아들
사진을 본다. 팔년째 말없이 누워 지내는 열나흘 보름달을
본다. 사람들이 차에 대해 묻더구나. 트렁크에 휠체어가
들어가는 유일한 승용차라고 말하지 않았어. 너처럼 빙그
레 웃기만 했어. 오늘도 아빠는 거짓말을 하지 않았단다.
팔년째 네가 단 한번도 뺑을 치지 않았듯.

성(城)

오줌을 누다 보고 말았다
담쟁이 이파리가 끝내 가리려 했던 것
성벽 틈바구니에 신방돌이며 맷돌이 박혀 있었다
돌확이며 망주석도 어깃장 박혀 있었다
제 집의 뿌리를 캐온 사람들
무덤만은 안된다고 땅을 치던 사람들
담쟁이덩굴은 한사코 지붕을 얹겠단 건가
푸른 지붕 아래에다 이승과 저승 다 들여놓고
상석에 젯밥이라도 올리겠단 건가
맷돌의 퀭한 괴구멍*이 손잡이를 가늠하는지
내 거시기를 훔쳐본다, 성이란
박복한 아낙의 광대뼈 위에
돌덩어리로 쌓아올린 눈물샘인 것을
하늘만 우러르는 움펑눈, 착한 돌눈썹인 것을
담쟁이는 짐짓 초록 눈썹으로 덮어보겠단 건가
망주석 하나만 양기를 모아도
맷돌의 녹슨 수쇠가 암쇠 하나만 궁합을 봐도
우르르, 말발굽 소리 들려올 것만 같은데

*창, 삽, 괭이, 맷돌 등의 자루를 박는 구멍.

밥그릇 뚜껑

삶의 공책은 밥그릇 뚜껑에 있다
밥그릇 뚜껑 안쪽에 점자로 쓰여 있다
개미 알처럼 희고 간결하다
앞니에만 씹히는 가난이 있다
열 손가락으로 헤아리고도 남는다
땀방울 아니면 눈물이란 듯 흥건하다
남이 먹던 식탁에 공깃밥만 곁들인다
짓눌린 밥알이 흰 입술로 기도한다
밥그릇 뚜껑에 따듯한 보리차를 붓는다
물방울 속에 많이 본 얼굴이 있다
송사리 두어마리 꺼내려고
열번은 퍼낸 겨울 연못 같다
둠벙에서 들어올린 얼음장 같다
둥그런 재활용 공책 밑에
천원짜리 한장을 눌러놓는다

상추꽃

갈수록 입맛을 잃는 건
상추잎이 뜯겨나간 자리처럼
목젖에 쓴물이 돌기 때문이다.
명퇴하는 벗과 횟집에 간다.
상처 깊은 놈부터 벗어날 수 있음을,
민어 한마리가 육탁(肉鐸)을 치고 있다.

수족관 유리벽을 깨버릴 거야.
죽을 놈부터 도마에 오르지, 말리지 마.
헐값에 팔리는 게 복수야. 지느러미가 찢기고
비늘이 벗겨졌으니 이제 주둥이를 짓찧을 거야.
먼저 갈게, 죽음만은 양보할 수 없어.

헐어버린 등 비늘에 상추꽃이 피었다.
접시 위 꽃잎 살점들, 상추 이파리가 수의다.
스티로폼 상자의 상추 몇그루도 명퇴 중이다.
차례차례 뜯겨나간 이파리, 지팡이처럼 키가 자랐구나.
한뼘 허공과 뿌리의 망연자실만이 남았구나.

손등 위에도 상추꽃이 핀다.
상추 대궁처럼 지팡이에도 젖꼭지가 많다.
나이 들수록 손바닥에 쓴맛이 괴는 까닭이다.
소주 한잔에 수의 한벌, 그렁그렁
밤하늘에도 상추꽃 만발하다.
오늘만은 꽃상여다.

까치내

개가죽나무 두그루 서른살이 넘었네
동쪽 개가죽이 아침 햇살 받아 그늘을 건네고
서쪽 개가죽이 저녁노을 받아 어스름 건네네
지난여름엔 마을로 쳐들어오는 태풍 들이받고는
동쪽이 서쪽에게 몸을 맡겼네, 잔바람에도
온몸이 울음통 되어 삐걱거리는 개가죽
시끄러워 죽겠으니 베어버리자고, 어르신들
마을회관에서 헛기침 내려놓던 며칠
까치 한쌍이 개가죽의 신음에다 부목을 잇댔네
알도 한꾸러미나 낳았네, 호들갑스런 사랑 노래에
새끼 까치들도 화음을 맞췄네
사람 인(人) 자 한번 진하게 써냈구면
삐걱대던 소리가 먹 가는 소리였네그려
까치집이 나중인 줄 모르는 사람들은
넘어지면서도 까치집은 잘 간수했다고
개가죽이 참가죽으로 성불했다고 올려다보네
거참 신통허네, 어느 쪽이 버팀목인 거여
충청남도 청양군 대치면 지천에 가면
하늘 쪽으로 흘러가는 시내가 있네

오작교까지 올라가는 까치내가 있네
비바람 맞으면 먹물 더욱 진해지는
키 큰 사람, 등을 기대고 있네

물푸레나무라는 포장마차

버스는 떠났네
처음 집을 나온 듯 휘몰아치는 바람
너는 다시 오지 않으리, 아니
다시는 오지 마라 어금니 깨무는데
아름다워라 단풍 든 물푸레나무
나는 방금 이별한 여자의 얼굴도 잊고
첫사랑에 빠진 듯 탄성을 지르는데
산간 멀리서 첫눈이 온다지
포장마차로 들어가는 사람들
물푸레나무 그 황금 이파리를
수많은 조각달로 고쳐 읽으며
하느님의 지갑에는 저 이파리들 가득하겠지
문득 갑부가 되어 즐겁다가
뚝 떼어서 함께 지고 갈 여자가 없어서
슬퍼지다가, 네 어깨는 작고 작아서
내가 다 지고 가야겠다고 다짐하는 늦가을
막차는 가버렸고, 포장마차는 물푸레나무 그림자로 출
렁이네
　주인은 오징어 배를 갈라 흰 뼈를 꺼내놓는데

비누라면 함께 샤워할 네가 없고
숫돌이라면 이제 은장도는 품지 않아
그렇지만 가슴속에서 둥글게 닳아버린 저것이
그냥 지상의 도마 위로 솟구쳤겠나
그래, 저것을 난파밖에 모르는 조각배라 해야겠네
너에게 가는 마지막 배라고 출항 표에다 적어놓아야겠네
나에게도 함께 노 저어 갈 여자가 있었지
포장마차는 사공만 가득한 채 정박 중인데
물푸레나무 이파리처럼 파도를 일으키며
가뭇없이 사라져도 되겠네, 먼 바다로
첫눈 맞으러 가도 되겠네

세석평전

홀로, 세석평전에 오른다.

내 가슴속에도 밭이 있고 아픈 돌무더기가 있다. 홍수가
휩쓴 내 옹졸한 밭에 겨울이 지나가고 있다. 잔바람에도
자리를 고쳐 앉는 세석 틈으로 눈물을 말리는 억새꽃들.
살얼음을 깨며 돌무더기가 무너지고 있다.

너와 헤어지고 난 뒤, 나는 그저 견디고 있을 뿐이다.

갈비뼈 사이로 다시 돌을 쟁이고 흙을 추슬러 올리자,
나무뿌리와 억새의 여린 싹이 드러난다. 산 아래로 하염없
이 기운 밭고랑. 저 새순의 젖멍울을 바라보며 우리에게
닥칠 푸른 봄을 그려본다. 그러나 지금은 억새밭처럼 바람
의 나날이다. 누구의 가슴인들 빛바랜 금줄을 두른 고목
한그루 없겠느냐.

내 작은 밭에 무엇이 자라고 있는지, 자꾸 헤쳐보지 마
라. 네 불안한 눈초리가 탱자나무 가시처럼 깊다. 그때마
다 늑골 사이로 밀쳐 올렸던 돌들이 우르르 쏟아진다. 네

가 사랑이라고 말하는 그 조급함이 내 가슴의 분화구에 인두를 들이민다. 불 인두로 내 억새밭을 경작하려 하지 마라. 씨 뿌리지 않은 묵정밭에도 냉이가 자라고 들꽃이 핌을 기다려주길 바란다. 텅 빈 밭에서 겨우내 염소 몇마리가 푸른 것을 뜯어 올리고 있다.

내 마음 안창 어딘가에 봄을 기다리는 세석평전이 있고, 허수아비도 눈발처럼 떨고 있다. 네 가슴에도 허름한 옷가지처럼 사람 하나 펄럭거리고 있음을 안다. 그 옷섶으로 파고들어 뜨거운 살이 되리니,

세석평전에 오래도록 겨울비 오고 있다.
날이 저물도록, 차가운 돌을 날라 갈비뼈를 떠받치는 사람이 있다.

단추를 채우며

남자 옷은 오른쪽 옷섶에 단추가 달려 있다 여자 옷은 반대로 오른쪽 옷섶에 단춧구멍이 파여 있다 누구는 좌우뇌의 발달 차이 때문이라 했다 누구는 하인이 채워주기 쉽도록 귀부인의 단추가 옮겨갔다고 했다 모래밭에서 단추 찾듯 동서양 복식발달사를 뒤적였다 동서고금의 민화와 동굴벽화도 살펴보았다 뒤죽박죽이었다

칼 찬 병사와 말달리는 전사를 보고야 알았다 젖 물리는 여인네의 눈물 젖은 단추를 만나고야 무릎을 쳤다 남자는 왼 허리에 찬 긴 칼을 재빨리 뽑기 위해, 여자는 보채는 아이에게 젖 물리기 쉽도록 단추를 매단 것이었다 내 수컷이 단추처럼 작아졌다 내 단춧구멍은 죽임의 묘혈, 여자 것은 살림의 숨구멍이었다

무지개는 하느님의 단추, 너무 커서 테두리만 산마루에 걸쳤다 왼쪽 옷섶에 낮달이 떠 있다 아득히 멀지만, 별의 단춧구멍도 수없이 오른편에 뚫려 있으리라 초록 물방울 단추에서 밤하늘을 우러른다 밤낮으로 젖을 물리느라 옷섶 여민 적 없는 은하수, 저 포대기 젖 마를 일 없으리라

간이역

철로 위에 나란히 앉아 누가 오래 버티나? 메뚜기들이 기차를 기다리네. 문 닫은 간이역, 녹슨 철로에 앉아 기차를 기다리네. 기차는 언제 오나? 강아지풀도 목을 거네. 애호박도 머리를 얹었네.

기다리다 지쳐,
강아지풀은 꼬랑지 털이 다 빠졌네.

떠난 이는 아무도 돌아오질 않았지. 두꺼비메뚜기는 수의를 입었네. 암컷인지, 저고리 겹치마 여모(女帽)*를 한벌로 꿰매어 입었네. 송장메뚜기가 되었네. 누군가 놓고 간 보따리처럼 호박은 침목 사이사이 무덤이 되었네.

* 여자의 시체를 염습할 때 머리를 싸는 베.

삼계탕

시신의 입에 불린 쌀을 넣듯
깨끗한 헝겊에 찹쌀을 싸서 담는다 버드나무 숟가락
대신
굵은 손으로 청주 한잔에 황기 인삼까지 모신다
생전 듣도 보도 못한 것들이다 이제 목이 달아났으니
소름으로 느껴볼 수밖에 없다
배 속에 넣는 반함(飯含)*이라니?

새벽을 열어젖히던 목청과
닭이 먼저냐 알이 먼저냐 생각 많던 머리도 버리고
가부좌 틀고 누웠다 에고나 뜨거워라
벌떡 일어나 앉으면 사리 그득한 부처의 환생이구나 싶
겠지만
스스로 다리 포갠 것 아니라, 대추 밤 마늘 쏟아지지 마라
지퍼 채운 전대 끈이었구나 화탕지옥 와불 같다만
발목의 피멍을 보니 야단법석 힘깨나 썼겠다
등짝엔 도리깨로 찍은 용 문신도 있겠다
가스레인지가 불두화 피워올리며 독경을 해도
열반은 육탈이라, 웅크리고 있는 것 다 풀어놓거라

102

허벅지며 가슴에 쇠젓가락을 찌른다

없는 발가락 당겨
사라진 미주알 가리려 애쓰는 동안
허공의 품은 넓고도 아름다워 안개도 풀어놓는다
선학표 쟁반 송학 위에
삼계(三界)**의 매듭을 풀어놓는다

* 죽은 사람의 입에 구슬이나 쌀을 물림. 또는 그런 절차.
** 불교의 세계관에서 중생이 생사유전(生死流轉)한다는 욕계(欲
界), 색계(色界), 무색계(無色界)의 미망(迷妄) 세계.

우주의 놀이

천년 고목도
한때는 새순이었습니다.
새 촉이었습니다.
새싹 기둥을 세우고
첫 잎으로 지붕을 얹습니다.

첫 이파리의 떨림을
모든 이파리가 따라 하듯
나의 사랑은 배냇짓뿐입니다.
곁에서 품으로,
끝없이 첫걸음마를 뗍니다.

사랑을 고백한다는 것은
영원한 소꿉놀이를 하는 겁니다.
이슬 비치는 그대 숲에서
고사리손을 펼쳐 글을 받아내는 일입니다.
곁을 스쳐간 건들바람과
품에 깃든 회오리바람에 대하여.

태초의 말씀들,
두근두근 옹알이였습니다.
숨결마다 시였습니다.
떡잎 합장에 맞절하며
푸른 말씀을 숭배합니다.

새싹이 자라 숲이 됩니다.
아기가 자라 세상이 됩니다.
등 너머, 손깍지까지 당도한
아득한 어둠을 노래합니다.

싹눈이 열리는 순간,
태초가 열립니다. 거룩한
우주의 놀이가 탄생합니다.

모시떡

이끼가 핀
오래된 고백 같다
요번이 마지막이라는 듯
맛에도 생의 각오란 게 있다
혀인지 떡인지, 붙고 미끄러지기가
어느새 짝사랑은 아니구나
달빛 침묵과 햇귀의 망설임
허락된 사랑처럼 입안 가득 꿈틀댄다
모년 모월 모시, 늦은 결혼식만 남았구나
입술과 혀와 목젖이 할 수 있는
모든 연애의 방식으로 모시떡이 왔다
당신의 반달 손자국,
초록 실타래로 왔다

몸의 서쪽

사바나 초원,
죽은 어미 옆에
송아지가 누워 있다.

송아지는 죽어 석양을 보고 있다.
어미 혓바닥은 엉덩이 쪽을 가리키고 있다.
암소의 자궁이 쩍 벌어져 있다.
몸의 동쪽은 언제나 생식기다.

초원은 너무 넓어요.
엄마 발과 제 발을 잇대어 방을 만드세요.
여기 작은 방에 들어와 젖을 짜세요.
제 부드러운 가죽도 드릴게요.

눈이 커다란 사내가
죽은 암소의 젖을 짠다.
몸의 북쪽은 등짝이다.
아기가 업힌 곳이다.
마른 젖 보채던 아이가 울음을 멈춘다.

사람의 몸이 성전인 까닭은
기도의 시간을 남겨두었기 때문이다.
눈물 젖은 두 손을 맞잡기 때문이다.
몸의 남쪽은 손바닥이다.

울음소리가 없다.
송아지도 어미 소도 눈물 짜지 않는다.
붉은 눈망울만이 몸의 서쪽이다.

서쪽, 또는 생명의 모신(母神)으로서의
상징적 시의식

김상천

1

시인 이정록!

그의 시적 주제는 자연과 인간의 '동거'다. 첫 시집 『벌레의 집은 아늑하다』 이후 『풋사과의 주름살』 『버드나무 껍질에 세들고 싶다』 『제비꽃 여인숙』 등 초기 시집에서 자연과 인간은 조화롭게 병존한다. '벌레'와 '집', '풋사과'와 '주름살', '버드나무 껍질'과 '셋집', '제비꽃'과 '여인숙'이 서로 등가(等價)를 이루며 아름답게 물들어 있다. 이런 관계는 『의자』 『정말』 등 후기 시집에서도 차이와 반복을 거듭하면서 깊고 넓게 보편의 강물을 이룬다. 특히, 몸이 불편한 노모의 말을 빌려 "허리가 아프니까/세상이 다 의자로 보여야"(「의자」, 『의자』, 문학과지성사 2006)라고 전하는 하나 된 의미는 그악한 자본에 치여 살아가는 현대의 소시민들에게 위로와 치유 이상의 동시대적 의미를 던져 주고 있다. 요컨대 그는 '비근대적' 시인이다.

근대 이래 자연과 인간의 조화로운 관계는 철학적 균열 이라는 철퇴를 맞았다. 인간만이 본질적 가치를 지니고 자연 등 다른 존재는 도구적 가치만을 갖는다는 이른바 '인간중심주의'가 지배적으로 관철되어왔기 때문이다. 그렇다고 해서 이정록의 시가 '생태시'라는 것은 아니다. 그는 자연에 지속적인 관심을 가지면서도 인간에 대한 관심과 애정을 놓지 않으면서 두 대상의 공존을 줄기차고 일관되게 견지하고 있다. 이는 그의 시에서 자연과 인간이 일시적인 시적 충동의 소재가 아닌 지속적인 '형상적 사유'의 대상임을 보여준다. 여기, 그의 시 세계를 가늠해볼 수 있는 첫 단추를 열어보자.

마을이 가까울수록
나무는 흠집이 많다.

내 몸이 너무 성하다.
—「서시」(『벌레의 집은 아늑하다』, 문학동네 1994) 전문

'마을'과 '나무'는 곧 인간계와 자연계를 상징하는 기호다. 기호학자 퍼스의 말대로, 기호가 '그것을 앎으로써 다

른 많은 것을 알 수 있게 되는 것'이라고 한다면, 마을과 나무, 인간계와 자연계, 달리 말해 '말'과 '사물'의 상거(相距)와 길항에 대하여 말하면서, 가까울수록 흠집이 많고 "내 몸이 너무 성하다"는 반성에 비추어볼 때 그에게 시를 쓴다는 것은 자연만의 노래도 아니고 인간만의 노래도 아닌, 말과 사물 사이의 관계에 놓인 미묘한 거리, '미적 절제'의 문제임을 예고한다.

그렇다면 이번 시집에서 시인 이정록이 펼쳐놓은 말과 사물의 관계는 어떠한가.

2

이정록의 시가 남다른 시적 매력과 대중적 공감을 얻고 있는 이유 중 하나는 우선 비유 덕이다. 비유는 곧잘 아름다운 여성에 견주어질 만큼 매혹적이다. 임기응변에 능한 항해사 오디세우스를 유혹에 빠뜨린 것도 아름답고 매혹적인 세이렌이었다.

자! 이리 오세요, 칭찬이 자자한 오디세우스여, 아카이오이 족의 위대한 영광이여!

— 호메로스 『오디세이아』

이렇게 부드럽게 파고드는데 안 넘어갈 수 없다. 그러나 오디세우스는 지혜롭게 세이렌의 유혹을 물리치고 끝까지 살아남아서 그리스 정신의 모태가 되었다. 여기서 오디세우스는 "위대한 영광"으로 비유되고 있다. 이를 통해 우리는 고대 영웅 찬가들에 바쳐진 비유가 한송이 아름다운 꽃다발이었음을 본다. 즉, 고대의 비유는 말과 사물의 거리가 상실된 맹목의 언어였다. 다시 말해 고중세의 비유는 대상을 수식하는 맹목의 눈먼 시인, 사제가 바치는 노예의 수사학이었다. 아리스토텔레스가 『시학』에서 타고난 재능으로서의 비유를 이야기하고는 있지만, 그것은 '노예제는 정의'라던 그의 수사학을 떠받치는 곰털 장식에 불과할 뿐이다.

그러나 우리가 이정록의 시에서 흔하게 마주치는 비유는 이와는 좀 다르다. 하나의 수사로서의 비유가 그의 시에서는 등가의 원리에 기초한다. 그리하여 문학예술의 본령인 비유(metaphor)는 나를 넘어(meta) 너에게로 가는(phor) 아름다운 만남의 길이 되고 있다.

햇살동냥 하지 말라고
밭둑을 따라 한줄만 심었지.
그런데도 해 지는 쪽으로
고갤 수그리는 해바라기가 있다네.

나는 꼭,
그 녀석을 종자로 삼는다네.

벗 그림자로
마음의 골짜기를 문지르는 까만 눈동자,
속눈썹이 젖어 있네.

머리통 여물 때면 어김없이
또다시 고개 돌려 발끝 내려다보는 놈이 생겨나지.
그늘 막대가 가리키는 쪽을
나도 매일 바라본다네.

해마다 나는
석양으로 눈길 다진 그 녀석을
종자로 삼는다네.

돌아보는 놈이 되자고.
굽어보는 종자가 되자고.
　　　　　　　　　　　　　　　—「해 지는 쪽으로」 전문

　굳이 "해 지는 쪽으로/고갤 수그리는 해바라기"는 시적
화자인 '나'를 가리키기 위한 보조 막대로 기능하고 있다.
그러나 이때의 '보조'는 전래의 수사학에서 말하는 보조의

개념과는 다르다. 그에게 사물은, 아니 자연은 인간과 등가적 심상으로 다가오고 있다. "나도"가 그 증거다. 그리하여 "해 지는 쪽으로/고갤 수그리는 해바라기"는 낮은 곳, 소외된 인간을 강하게 환기하는 비근한 기호로 기능한다.

비유가 이정록의 시 세계를 설명하는 방법이 되고 있다는 것은 그가 인식론의 문제, 곧 '삶'과 '시'를 어떻게 볼 것인가라는 철학적 질문에 이미 답을 준비하고 있다는 말이다. 언어와 사고는 분리될 수 없다.

눈에 넣어도
아프지 않은 것들 때문에, 산다

자주감자가 첫 꽃잎을 열고
처음으로 배추흰나비의 날갯소리를 들을 때처럼
어두운 뿌리에 눈물 같은 첫 감자알이 맺힐 때처럼

싱그럽고 반갑고 사랑스럽고 달콤하고 눈물겹고 흐뭇하고 뿌듯하고 근사하고 짜릿하고 감격스럽고 황홀하고 벅차다

눈에 넣어도
아프지 않은 것들 때문에, 운다

목마른 낙타가

낙타가시나무뿔로 제 혀와 입천장과 목구멍을 찔러서
자신에게 피를 바치듯
그러면서도 눈망울은 더 맑아져
사막의 모래알이 알알이 별처럼 닦이듯

눈망울에 길이 생겨나
발맘발맘, 눈에 밟히는 것들 때문에
섭섭하고 서글프고 얄밉고 답답하고 못마땅하고 어이없고
야속하고 처량하고 북받치고 원망스럽고 애끓고 두렵다

눈망울에 날개가 돋아나
망망 가슴, 구름에 젖는 깃들 때문에
                —「눈에 넣어도 아프지 않은 것들의 목록」 전문

　우선 그가 살아야 하는 이유는 살 만하기 때문이라는 것
이다. "싱그럽고 반갑고 사랑스럽고". 그러나 다음 순간,
우리는 그가 울어야 하는 이유를 말하고 있음에 놀라게 된
다. 세상은 살 만하기도 하지만 또 살 만하지 못하다는 것
이다. 그래서 울어야 하고, 그런 이유 때문에 시를 써야 한
다는 자의식과 마주하면서, 우리는 이것이야말로 시인으
로 하여금 시심을 낚아 올리는 '검은 우물'이자 창조의 두
레박임을 확인한다. '검은 담즙'같이 어두운, 젖은 인생들
에 대한 애정 어린 관심이 그로 하여금 맹목적 현실과 가

까이할 수 없는, 그렇기 때문에 멀리할 수도 없는 시적 변증법을 낳게 하는 것이다. 즉, 이 어쩌지 못하고 마는 자신을 시적 대상으로 삼는 존재론적 시관을 지닌 시인이라기보다는 "망망 가슴"을 안고 살아가야 하고, 또 그렇게 살아갈 수밖에 없는 소수 집단을 대상으로 삼는 계도론적 시관을 지닌 시인임을 짐작게 한다.

이렇게 하나의 움직일 수 없는 정서, 감정 구조로 자리 잡은 그의 시풍은 어디에서 나온 것일까. 우선은 역사에서 소외된 민중을 '님'으로 호명해낸 한용운의 영향을 생각해볼 수 있다. "시인이 되겠다고 맘을 먹은 지 3년, 대학교 2학년이 되도록 시집이라고는 『한용운의 명시』 한권뿐이었다"(「글짓기 대표선수」, 『아버지학교』, 열림원 2013)는 그의 고백을 통해 볼 때, 만해의 정신은 분명 골수에 박혔으리라. 또한 시인이 되겠다고 작심하고 처음 공부하던 시절, "흐르는 것이 물뿐이랴/우리가 저와 같아서"라던 정희성의 「저문 강에 삽을 씻고」를 통해 자연과 인간의 상호 교감이 얼마나 저린 감동을 선사할 수 있는지, 자연과 인간이 어떻게 동거하며 세계의 진실을 공유할 수 있는지 그 구체적인 방법론을 터득하게 되었음을 본다. 그리고 『관촌수필』을 비롯한 일련의 농촌소설을 통해 고욤나무, 싸리나무, 개암나무, 화살나무, 소태나무 같은 것들, 즉 '민중의 나무'에 대한 집요한 정신세계를 보여준 이문구와의 교제가 무엇보다 크게 영향을 미쳤으리라 본다.

3

이정록의 시에서 비유가 단순하게 대상(원관념, 이데아, 실체, 주인)을 수식하는 보조 수단으로 기능하는 노예의 수사법이 아니라 '벌레의 집'처럼 자연과 인간의 교호(交好)를 추구하고 있다는 것은 문명의 차원에서 볼 때, 그가 서구 전래의 존재론적 형이상학을 '찢는' 비근대적 사고를 지녔음을 암시한다. 여기서 우리는 참으로 절묘한 시를 마주하는 즐거움에 젖는다.

> 느티나무는 그늘을 낳고 백일홍나무는 햇살을 낳는다.
>
> 느티나무는 마을로 가고 백일홍나무는 무덤으로 간다.
>
> 느티나무에서 백일홍나무까지 파란만장, 나비가 난다.
>
> ──「생(生)」 전문

여기서 우리는 서양철학이 전통적으로 실체라는 불변의 고정된 원본을 중시한다는 점에서, 사실은 허상이 되고 말지만 이 원본을 부정하고 찢는 순간 사실은 그대로 진상이 될 수 있다는 형상적 사유의 진수를 맛본다. 삶은 곧 죽음의 한 순간이며, 죽음 또한 거대한 생명의 한 고리일 뿐임을, 삶과 마찬가지로 죽음 또한 끝없는 반복의 연속이며, "그 반복으로부터 어떤 작은 차이, 이형(異形), 변양(變樣)들을 추출해내고 있"(질 들뢰즈 『차이와 반복』)는 것임을 본다. 차이와 반복을 거듭하면서 삶과 죽음은 마치 흐르는 강물처럼 하나의 연속되는 차이이자 순환이며, 욕망으로 끊임없이 어딘가로 흘러갈 뿐임을 안다. 삶은 곧 죽음이다. 모든 것은 지금 모니터의 커서처럼 순간순간 명멸해갈 뿐이다. 삶은 죽음으로, 죽음은 다시 이형, 변양 운동으로 나아갈 뿐이다. 그리하여 느티나무 그늘은 마을로 가고, 백일홍나무 햇살은 무덤으로 가는 이치가 있다. 삶과 죽음은 끊임없이 순환한다는 회귀적 사유를 우리는 이미 마주한 바 있다.

> 만물이 영원히 회귀하고 우리 자신도 그러하다는 것, 우리가, 우리와 아울러 만물이 이미 무한번 존재했다는 사실을.
>
> ─니체 『차라투스트라는 이렇게 말했다』

이렇게 삶과 죽음이, 아니 느티나무와 백일홍나무가 그런 것처럼 만물이 무한 반복하고 회귀하는 과정은 이정록의 짧은 시로 다시 피어나 파란만장한 나비로 재생하기에 이른다. 애벌레가 되었다가 번데기가 되고 나비로 환생하기까지, 아니 다시 애벌레가 되고 번데기가 되고 나비가 되기까지 "타고 남은 재가 다시 기름이"(한용운 「알 수 없어요」) 되는 것처럼, 성장은 곧 죽음에 다름 아니고 죽음은 또한 성장에 다름 아니다.

느티나무＝그늘＝마을＝파란＝나비
백일홍나무＝햇살＝무덤＝만장＝나비

  삶과 죽음을 하나의 등가를 이루는 원환적 고리로 파악하는 그에게 생사는 하나의 진상일 뿐이다. 그가 이렇게 죽음에 초연할 수 있는 이유는 무엇일까.

  아이들 운동화는
  대문 옆 담장 위에 말려야지.
  우리 집에 막 발을 내딛는
  첫 햇살로 말려야지.

  어른들 신발은 지붕에 올려놔야지.
  개가 물어가지만 않으면 되니까.
  높고 험한 데로 밥벌이하러 나가야 하니까.

  어릴 적에 할머니께서 가르쳐주셨지.
  북망산천 가까운 사랑방 툇마루에
  당신은, 당신 흰 고무신을 말리셨지.

노을빛에 말리셨지.
어둔 저승길, 미리 넘어져보는 거야.
달빛에 엎어놓으셨지.
저물어도 거둬들이지 않으셨지.

마지막은 다 밤길이야.
젖은 신발이 고꾸라져 있었지.

—「젖은 신발」 전문

어조가 시적 대상에 대한 화자의 태도를 암시한다고 볼
때, 끝없이 반복되고 있는 어말어미 '~지'는 확인서술형
에 해당한다. 확인서술형은 말하는 이가 대상에 대해 이미
알고 있음을 시사하면서 자신이 아는 바를 확고히 다지는
서술 형태 아닌가. 그리하여 "젖은 신발"은 "마지막은 다
밤길"이라는 넉넉한 자득의 경지에 도달한다. 이정록의
시가 일상의 그늘진 소재를 다루면서도 결코 어둡지 않은
이유가 여기에 있다.

삶과 죽음이 결코 같을 수는 없지만, 그렇다고 서로 다
르지도 않다는 세계를 상징적으로 보여주는 예는 바로
'서쪽'이다. 상징은 마치 '북극성처럼' 모든 것이 그것을
위해 도는 무엇이 아닌가. 한용운의 시가 '님'을 끼고 돌
고, 이문구의 소설이 '쓰러진 왕소나무'를 맴돌듯이, 이정
록의 시는 '서쪽'을 중심으로 돈다.

사바나 초원,
죽은 어미 옆에
송아지가 누워 있다.

송아지는 죽어 석양을 보고 있다.
어미 혓바닥은 엉덩이 쪽을 가리키고 있다.
암소의 자궁이 쩍 벌어져 있다.
몸의 동쪽은 언제나 생식기다.

초원은 너무 넓어요.
엄마 발과 제 발을 잇대어 방을 만드세요.
여기 작은 방에 들어와 젖을 짜세요.
제 부드러운 가죽도 드릴게요.

눈이 커다란 사내가
죽은 암소의 젖을 짠다.
몸의 북쪽은 등짝이다.
아기가 업힌 곳이다.
마른 젖 보채던 아이가 울음을 멈춘다.

사람의 몸이 성전인 까닭은
기도의 시간을 남겨두었기 때문이다.

눈물 젖은 두 손을 맞잡기 때문이다.
몸의 남쪽은 손바닥이다.

울음소리가 없다.
송아지도 어미 소도 눈물 짜지 않는다.
붉은 눈망울만이 몸의 서쪽이다.

—「몸의 서쪽」전문

'서쪽'은 그에게 하나의 강박이자 무의식이다. 그만큼 자주 반복되고 있다. 언어를 통해 인간의 무의식적 구조를 읽어낸 라깡을 참고해보자. 그는 불멸의 저서 『에크리』에서 "무의식도 언어처럼 구조화되어 있다"라고 언명함으로써 언어학자 쏘쉬르와 정신분석학자 프로이트를 창조적으로 융해시켜 인간을 이해하는 하나의 개념을 찾아내지 않았던가.

그렇다면 이정록의 시에서 "몸의 서쪽"을 비롯하여 "석양" '죽음' "붉은 눈망울" 등의 서쪽과 이 서쪽을 암시하는 다양한 이양, 변양 이미지들을 에워싸고 있는 무수한 욕망과 언어적 기표가 상징하는 것은 무엇일까. 그는 왜 해가 뜨는 동쪽도 아니고 따뜻한 남쪽도 아니고 그렇다고 북쪽도 아닌, "붉은 눈망울만이" 있는 서쪽을 주목하는 것일까. 아니, 그보다 이 무의식적 욕망의 심부와 기저에 놓인 지하 세계가 가리키는 의미는 대체 무엇일까.

무엇보다 이 '서쪽'이 '해 뜨는 곳'이 아니라 '해 지는 곳'을 상징한다는 점을 주목해야 한다. 젖은 인생들의 붉은 노을, "붉은 눈망울"들이 머무는 곳, 그곳은 바로 '그늘'의 세계이고, 신(新)중세라 칭하는 암흑 같은 '지하 세계'이다. 아무리 노력해봐도 더이상 미래가 없는 수많은 '미생'들의 세계이고, 숱한 무명(無名)의 비원이 서린 세계 그어디이다. 이러한 상징적 이미지에 그가 이렇게 남다르게 천착하고 있는 것은 결국 "눈에 넣어도 아프지 않은" 소수자들의 그늘과 같은 삶에 대한 심리적 경사야말로 구름에 젖고 비에 젖은 '풀꽃'들의 "망망 가슴"들에 대한 뜨거운 연대가 아니면 무엇이겠는가.

나는 여기서 그가 이제 비로소 자신의 언어를, 하나의 상징을, 신전 기둥을 하나 세웠음을 본다. 그는 서쪽의 시인이라고. 한용운의 임이 '민족'이고, 이문구의 임이 '민중의 나무'라면, 이정록의 임은 바로 모든 소수 집단의 비원을 담고 있는 '서쪽'이라고.

4

그리고 나는 그의 비원이 다만 비장한 소원으로만 그치고 마는 것이 아니라 하나의 아름다운 가편으로 제시되고 있음을 본다.

五柳先生(오류선생) 집 수염 짧은 쥐,

鼠錄(서록)일세. 잘 지내는가?

장화도 신지 않고 蓮池(연지)에서 노닐다가

가을이 당도하야 마당가 국화 밑에서 편지를 쓰네.

국향으로 연향을 밀어내려니 어찌 벗이 그립지 않겠나?

오늘도 국화꽃 그늘에서 종일 울 밖 단풍을 내다보네.

이 맛이 採菊東籬下(채국동리하) 悠然見南山(유연견남산)
이군.

키가 작아 자꾸 까치발을 딛다보니 발목이 부어올랐네.

아내는 붉은 내 발바닥이 보기 좋다고

침 묻은 수염으로 발바닥을 간질이네.

발바닥이 좁으니 쥐수염붓으로 두어자 연서나 쓴다네.

아기단풍 같고 홍련 봉오리 같다고 볼을 비빈다네.

아내는 아마도 사산한 첫애 얼굴을 떠올릴 것이네.

내외가 다 이가 상해서 마른 옥수수와 국화꽃으로 누룩을
빚었다네.

물은 국화 뿌리에 작은 우물을 파서 菊英水(국영수)를 얻었
다네.

꼬리에 참기름 몇방울 찍어서 부인과 함께 오시게나.

자네 첫사랑인 우리 집사람도 겸상할 만큼 마른 국화 향이
난다네.

술상은 서쪽 툇마루에 마련할 테니 해 지기 전에 오시게.

아내는 몇번이나 도랑에 국화꽃 띄워 발바닥 닦고 있다네.

갓난아이 첫 목욕 때처럼 마음 벌써 불콰하다네.

댓잎이 달빛 각을 마칠 때까지

우리도 對聯(대련)이나 쳐보세.

—「꽃그늘」 전문

잘 알다시피 '무릉도원'은 동양의 대표적인 이상향을 일컫는 문학적 상징으로, 도연명의 『도화원기』를 기원으로 한다. 그 이상향인 도원이 여기, '꽃그늘'로 다시 태어났다.

중요한 것은 그가 원작을 단순히 모방하기만 한 것이 아니라 이를 창작의 모티프로 삼아 개작의 수준을 넘어 멋지게 재창조해내고 있다는 점이다. 그렇다면 대체 무엇이 이 작품을 이렇게 빛나게 하는 것일까. "오류선생"은 도연명이 자기 집 앞에 버드나무 다섯그루를 심어놓은 데에서 그를 가리키는 별호가 되었다. 즉, "오류선생"은 도연명이자 이 시의 화자다. "수염 짧은 쥐"는 쥐 수염으로 만든 붓을 상징하는 것이니 "서록"은 문사(文士)로서 자신을 암시하는 기호다. 자신을 소개하는 서두에서 벌써 우리를 곤혹스럽게 하면서 매혹시키는 이 시는 하나의 불가해한 기호적 수수께끼로 가득 차 있다. 그는 이렇게 거창하게 자신을 소개하고 나서 친구의 안부를 묻고는 글 쓰는 사연을 말한다. 국화 향이 서린 가을이 되어 자연과 벗하다보니 도연

명이 유유자적하게 노닐던 풍취가 생각나 벗이 그립다는
것이다.

더욱 중요한 것은 이 정취가 자연만의 풍취로 흘러가는
게 아니라 석양이 어우러진 속에 삶의 그늘이 깃들어 있
다는 데 있다. 정중한 초대시의 형식을 취하고 있지만 사
실 내용으로 미루어보건대 ──기쁘기 그지없는 여유 속
에서도 아내는 사산한 첫애를 떠올리는 표정이 역력하고,
또 초대 상대는 한때 아내를 두고 화자와 연적 관계였다
는 점을 볼 때 ──결코 간단치 않은 물길이 스쳐 지나왔음
을 알 수 있다. 그러나 이 간단치 않은 세월의 물길도 국화
뿌리를 대서 얻은 "국영수"로 빚은 술 앞에서 자연과 인간
이 어우러져 만들어내는 한점의 아름다운 풍경화로 피어
난다. 한잔의 물방울. 실로 모든 것은 여기서 비롯되지 않
았는가. 여기서 문명의 그릇이 빚어지고, 여기서 문화의
꽃이 피어났으며, 이것을 술로 빚어 고단한 삶을 어루만지
고, 이것을 또 잉크 삼아 부글거리는 욕망의 역사를 써오
지 않았던가.

이 아름다운 만남이 이루어지는 장소가 바로 "서쪽 툇
마루"라는 사실은 우연일까 의도일까. 그는 이것을 알고
썼을까 모르고 썼을까. 나는 여기서 라깡의 말대로 의식,
무의식 중에 '서쪽'이라는 언어의 반복적 사용으로 그의
내면에 흐르고 있는 하나의 감정 구조로서의 정서를, 하나
의 상징적 언어 구조로서 자리잡고 있는 욕망의 형식을 본

다. '서쪽'은 방향이자 공간이자 경물이다. 하나의 지시체이자 인간에 대한 어떤 기호적 메시지를 담고 있는 코노테이션(connotation)이다. 즉, '서쪽'은 자연 속에 인간이 있고, 이 인간 속에 자연이 깃들어 있는 경중정(景中情), 정중경(情中景)의 동양적 이상을 함축하는 상징어이다. 그리하여 이 "서쪽 툇마루"에서 자연과 인간이 융화하고, 과거와 현재가 만나며, 인간과 인간이 화해를 나누는 아름다운 절경이 탄생하는 것이다. 그렇다면 근대라는 영토가 비근대의 영토로 탈영토화하는 '서쪽'은 저 물할머니 같은 태초의 모신(母神)이 숨 쉬고 있는 생명의 자궁이 아니고 무엇이겠는가.

5

이 시집에는 「생(生)」「꽃그늘」 등 매우 수준 높은 미적 성취를 보여주는 시가 있는가 하면, 「문상」「춤 봐」「궁합」「꽃은 까지려고 핀다」「바가지 권정생」「흰 붓」 등 소소한 일상어가 그대로 시꽃이 될 수 있음을 증명하는 사례가 즐비하다.

이런 미적 성취에도 그의 시에 '사회시'가 별반 눈에 띄지 않는다는 것은 하나의 결손으로 느껴진다. 이런 사실은 말과 사물의 미적 상거와 길항 관계를 놓치고 있는 것으로 볼 수 있다. 그의 시에서 사회 현실과의 관계에서 볼 수 있는 긴장을 눈치채기는 쉽지 않다. 그러나 이런 지적과는 또다르게 나는 이정록의 시세계가, 다시 말해 근대적 분리나 단절이 아닌 비근대적 만남과 연대를 함축하고 있는 '서쪽'이라는 상징이 결코 일조일석에 이루어지지 않았음을 본다.

나는 해 저문 벌판에서 돌아가는 길을 잃고 헤매는 어린 양이 기루어서 이 시를 쓴다.
— 한용운 「군말」 부분

하나의 상징으로서, 개별적인 묘사가 아닌 보편적인 규범으로서 "해 저문 벌판에서 (…) 길을 잃고 헤매는 어린 양이 기루어서" 『님의 침묵』을 낳았듯이, 저 서쪽, 해 지는 들녘에서 갈 곳 몰라 헤매는 "붉은 눈망울"들이 기루어서 그의 시를 낳았음을 본다. 그리하여 나는 다시 확인한다. 시는 단순한 '물적' 반영물이 아니라 시인의 개성적인 눈으로 빚어낸 '미적' 형성물임을 본다. 그리하여 우리는 비로소 서해바다, 눈물바다가 그를 낳았음을 안다.

金相天 | 문예비평가

"세렝게티 초원에 우기가 찾아왔습니다.
짝짓기의 계절이 돌아왔습니다.
이쪽저쪽에서 최선을 다하고 있습니다."

'시인의 말'을 쓰려고 멍하니 앉아 있는데,
「동물의 왕국」이란 티브이 프로그램이 떠올랐습니다.

동물만이 아니라 식물의 최선이 떠올랐습니다.
빗방울의 최선이 떠올랐습니다.
땅속 어둠의 최선이 떠올랐습니다.

최선을 다한 헐떡거림과
최선을 다한 자신의 꼭짓점을 최선을 다해 핥고 있는
수사자의 빨간 혀가 떠올랐습니다.

최선을 다하고 있을 때,

그의 방심을 최선을 다해 빨아 먹는 파리가 떠올랐습니다.

최선을 다해 흰 살갗을 내보이는 종이와
최선을 다해 구겨졌다가 최선을 다해 뼈마디를 맞추는 종이를 바라봅니다.
종이의 모서리에 뿔을 들이밉니다.

최선을 다해 모니터의 커서가 명멸을 반복합니다.
별이 될 수 없음을 알면서도.

2016년 시월
이정록

창비시선 404

눈에 넣어도 아프지 않은 것들의 목록

초판 1쇄 발행/2016년 11월 4일
초판 6쇄 발행/2023년 12월 7일

지은이/이정록
펴낸이/염종선
책임편집/박주용
조판/박지현
펴낸곳/(주)창비
등록/1986년 8월 5일 제85호
주소/10881 경기도 파주시 회동길 184
전화/031-955-3333
팩시밀리/영업 031-955-3399 편집 031-955-3400
홈페이지/www.changbi.com
전자우편/lit@changbi.com

ⓒ 이정록 2016
ISBN 978-89-364-2404-6 03810

* 이 책은 2015년 한국문화예술위원회 아르코문학창작기금의 수혜를 받았습니다.
* 이 책 내용의 전부 또는 일부를 재사용하려면
  반드시 저작권자와 창비 양측의 동의를 받아야 합니다.
* 책값은 뒤표지에 표시되어 있습니다.